Nó de víboras

François Mauriac

Nó de víboras

Tradução
Ivone Benedetti

1ª edição

Rio de Janeiro, 2024

© Éditions Grasset & Fasquelle, 1932

Design de capa: Casa Rex

Título original: *Le Nœd de vipères*

CIP-BRASIL. CATALOGAÇÃO NA PUBLICAÇÃO
SINDICATO NACIONAL DOS EDITORES DE LIVROS, RJ

M414n	Mauriac, François Nó de víboras / François Mauriac ; tradução Ivone Benedetti. - 1. ed. - Rio de Janeiro : José Olympio, 2024.
	Tradução de: Le noed de vipères ISBN 978-65-5847-142-4
	1. Romance francês. I. Benedetti, Ivone. II. Título.
24-87789	CDD: 843 CDU: 82-31(44)

Meri Gleice Rodrigues de Souza - Bibliotecária - CRB-7/6439

Texto revisado segundo o Acordo Ortográfico da Língua Portuguesa
de 1990.

Todos os direitos reservados. É proibido reproduzir, armazenar ou
transmitir partes deste livro, através de quaisquer meios, sem prévia
autorização por escrito.

Reservam-se os direitos desta edição à
EDITORA JOSÉ OLYMPIO LTDA.
Rua Argentina, 171 – 3º andar – São Cristóvão
20921–380 – Rio de Janeiro, RJ
Tel.: (21) 2585–2000.

Seja um leitor preferencial Record.
Cadastre-se no site www.record.com.br
e receba informações sobre nossos lançamentos e
nossas promoções.

Atendimento e venda direta ao leitor:
sac@record.com.br

Impresso no Brasil
2024

Primeira parte

"Deus, considerai que não ouvimos a nós mesmos,
que não sabemos o que queremos e que nos afastamos
infinitamente do que desejamos."

SANTA TERESA D'ÁVILA

Gostaria que este inimigo de sua própria família, esse coração devorado pelo ódio e pela avareza vos inspirasse piedade, apesar de sua baixeza; que ele tocasse vosso coração. Ao longo de sua vida sombria, tristes paixões lhe ocultam a luz bem próxima, que com um raio às vezes o toca, quase o queima; suas paixões... mas, acima de tudo, os cristãos medíocres que o espreitam e que ele, por sua vez, atormenta. Quantos de nós rechaçam assim o pecador, afastam-no de uma verdade que deixou de brilhar através deles!

Não, não era o dinheiro que esse avaro amava, não era de vingança que esse furioso tinha fome. Conhecereis o verdadeiro objeto de seu amor se tiverdes força e coragem para ouvir esse homem até a última confissão interrompida pela morte...

I

VOCÊ FICARÁ SURPRESA ao descobrir esta carta no meu cofre, em cima de um maço de ações. Talvez tivesse sido melhor confiá-la ao tabelião, que a entregaria a você após minha morte, ou então guardá-la na gaveta de minha escrivaninha, a primeira que os filhos forçarão antes que eu comece a esfriar. Mas é que, durante anos, refiz mentalmente esta carta e, nas noites de insônia, sempre a imaginava com destaque na prateleira do cofre, de um cofre vazio, que nada conteria, senão esta vingança, preparada ao longo de quase meio século. Sossegue; aliás, você já sossegou: as ações estão aí. Parece até que ouço o grito, no vestíbulo, no retorno do banco. Sim, você vai gritar para os filhos, de trás do crepe do luto: "As ações estão aí."

Por pouco não estiveram, e eu de fato tinha tomado providências. Se quisesse, vocês hoje estariam despojados de tudo, a não ser da casa e das terras. Tiveram a sorte de eu sobreviver ao meu ódio. Durante muito tempo acreditei que o ódio era o que havia de mais vivo em mim. E eis que hoje, pelo menos, já não o sinto. O velho que me tornei tem dificuldade para imaginar o doente furioso que eu era há pouco, alguém que passava noites não mais a arquitetar a vingança (essa bomba de efeito retardado já estava montada com uma minúcia que me orgulhava), mas a buscar os meios de poder gozá-la. Eu gostaria de viver o suficiente para ver com que cara voltariam do banco. O objetivo era não lhe dar cedo demais a procuração para abrir o cofre, dá-la suficientemente tarde para ter a derradeira alegria de ouvir as perguntas desesperadas: "Onde estão as ações?" Eu tinha então a impressão de que nem a mais atroz das agonias estragaria em mim esse prazer. Sim, fui um homem capaz de tais cálculos. Como fui levado a tanto, eu que não era um monstro?

São quatro horas, e a bandeja de meu almoço, os pratos sujos ainda jazem sobre a mesa, atraindo moscas. Chamei em vão; as sinetas nunca funcionam no campo. Espero, sem impaciência, neste quarto onde dormi na infância, onde provavelmente morrerei. Nesse dia, o primeiro pensamento de nossa filha Geneviève será reivindicá-lo para as crianças. Ocupo sozinho o quarto mais amplo, o de melhor insolação. Justiça seja feita, eu me ofereci para ceder o lugar a Geneviève, e o teria feito não fosse o doutor Lacaze, que teme o mal que faria a meus brônquios a atmosfera úmida do térreo. Decerto eu teria consentido, mas com tal rancor que foi bom ter sido impedido. (Passei a vida inteira fazendo sacrifícios cuja lembrança me envenenava, alimentava, engordava esse tipo de ressentimento que o tempo fortifica.)

O gosto pelas brigas é uma herança de família. Meu pai, como me contou muitas vezes minha mãe, estava brigado com os pais, que, por sua vez, morreram sem rever a filha, expulsa de casa trinta anos antes (dela nasceram aqueles primos marselheses que não conhecemos). Nunca soubemos as razões de todas essas cizânias, mas depositamos confiança no ódio de nossos ancestrais; e, ainda hoje, eu daria as costas a um daqueles priminhos de Marselha, caso encontrasse com eles. Pode-se deixar de ver para sempre os parentes distantes: o mesmo não acontece com os filhos, com a mulher. É verdade que não faltam famílias unidas; mas, quando se pensa na quantidade de lares em que dois seres exasperam e repugnam um ao outro em torno da mesma mesa, do mesmo lavatório, sob as mesmas cobertas, é incrível como poucas pessoas se divorciam! Elas se detestam e não podem fugir uma da outra no recesso dessas casas...

Que febre de escrever é essa que me invade hoje, dia do meu aniversário? Completo 68 anos e sou o único a saber disso. Geneviève, Hubert, os filhos deles sempre tiveram, em cada aniversário, bolo, velinhas, flores... Se não lhe dou nada de aniversário há anos, não é por esquecimento, é por vingança. Basta... O último buquê de flores que ganhei nesse dia foi colhido pelas mãos deformadas de minha pobre mãe, que, apesar de sofrer do coração, se arrastou pela última vez até o roseiral.

Onde parei? Ah, sim, você se pergunta por que essa súbita fúria de escrever, "fúria" é exatamente a palavra. Você pode julgar pela minha caligrafia, por essas letras curvadas no mesmo sentido, como os pinheiros sob o vento oeste. Escute: falei no começo de uma vingança longamente meditada, à qual renuncio. Mas há algo em você, alguma coisa sua que eu quero vencer: o seu silêncio. Oh! Entenda: você tem a língua bem solta, pode discutir horas a fio com Cazau a propósito das aves ou da horta. Com as crianças, mesmo com as pequenas, você tagarela e diz bobagens dias inteiros. Ah! Aquelas refeições das quais eu saía com a cabeça vazia, atormentado por meus negócios, por minhas preocupações, das quais eu não podia falar com ninguém... Principalmente depois do caso Villenave, quando de repente me tornei um grande advogado criminalista, como dizem os jornais. Quanto mais inclinado eu estava a acreditar na minha importância, mais você me transmitia o senso de meu nada... Mas, não, ainda não é disso que se trata, é de outra espécie de silêncio que quero me vingar: o silêncio em que você se obstinava quanto à nossa relação, ao nosso desacordo profundo. Quantas vezes, no teatro ou lendo um romance, eu me perguntei se, na vida, existem amantes e esposas que fazem "cenas", que se explicam com o coração aberto, que encontram alívio em se explicar.

Durante esses quarenta anos em que sofremos lado a lado, você encontrou forças para evitar qualquer conversa um pouco profunda, sempre mudou de assunto.

Durante muito tempo acreditei na existência de um sistema, de uma determinação cuja razão me escapava, até o dia em que entendi que, simplesmente, aquilo não lhe interessava. Eu estava tão por fora de suas preocupações, que você se esquivava, não por terror, mas por tédio. Você era hábil em pescar indícios no ar, via-me chegar de longe; e, se eu a apanhasse de surpresa, encontrava meios fáceis de se desvencilhar, ou então me dava um tapinha na face, um beijo e caía fora.

Por certo, eu poderia temer que você rasgasse esta carta depois de ler as primeiras linhas. Mas não fará isso, pois há alguns meses anda assustada, intrigada. Por menos que me observasse, como não teria notado uma mudança no meu humor? Sim, desta vez tenho confiança de que você não se esquivará. Quero que saiba, quero que saibam, você, seu filho, sua filha, seu genro, seus netos, que homem era esse que vivia sozinho diante de seu grupo fechado, este advogado exaurido que se devia preservar, pois ele era o dono da bolsa, mas que sofria em outro planeta. Que planeta? Você nunca quis ir ver. Calma: isto aqui não é nem um elogio fúnebre escrito antecipadamente por mim mesmo, nem um libelo contra vocês. A característica dominante de minha natureza, que teria impressionado qualquer outra mulher que não você, é a de uma tremenda lucidez.

A habilidade do autoengano, que ajuda a maioria das pessoas a viver, sempre me faltou. Nunca senti nada de abjeto que não me chegasse antes ao conhecimento...

Precisei interromper-me... ninguém me trazia o candeeiro; ninguém vinha fechar a janela. Eu olhava o teto das cantinas; suas telhas têm o colorido vivo de flores ou de garganta de pássaros. Ouvia os melros na hera do álamo-negro, o barulho de uma barrica rolando. É uma sorte esperar a morte no único lugar do mundo onde tudo permanece igual às minhas lembranças. Só o estrépito do motor substitui o rangido da nora que a jumenta punha a girar. (Há também esse horrível avião postal que anuncia a hora do lanche e suja o céu.)

Não ocorre a muitas pessoas encontrar na realidade, ao alcance do olhar, esse mundo que a maioria delas só descobre em si mesmas quando têm a coragem e a paciência de recordar. Pouso a mão no peito, tateio meu coração. Olho o armário de espelho onde estão, num canto, a seringa Pravaz, a ampola de nitrito de amila, tudo o que seria necessário em caso de crise. Ouviriam se eu chamasse?

Eles dizem que é falsa angina do peito; fazem muito menos questão de me convencer disso do que de eles mesmos acreditarem, para poderem dormir tranquilos. Agora respiro. Tenho a impressão de que uma mão pousou em meu ombro esquerdo, imobilizando-o numa posição antinatural, como alguém que não gostaria de ser esquecido por mim. No que me diz respeito, a morte não virá sorrateiramente. Ela ronda ao meu redor há anos, eu a ouço, sinto seu hálito; ela é paciente comigo, que não a desafio e me submeto à disciplina imposta por sua aproximação. Termino a vida de roupão, no traje dos grandes doentes incuráveis, afundado numa poltrona orelhuda na qual minha mãe esperou por seu fim; sentado, como ela, perto de uma mesa cheia de poções, barbudo, malcheiroso, escravo de várias manias repugnantes. Mas não se fiem: entre as crises, eu renasço das cinzas. O procurador Bourru, que me acreditava morto, vê-me surgir de novo; e, durante horas, nos subsolos dos estabelecimentos de crédito, tenho forças para destacar cupons com minhas próprias mãos.

Ainda preciso viver tempo suficiente para terminar esta confissão, para obrigá-la por fim a me ouvir, você que, nos anos em que dividimos o leito, nunca deixava de me dizer, à noite, quando eu me aproximava: "Estou morrendo de sono, já estou dormindo, dormindo..."

O que você rechaçava assim não era tanto minhas carícias quanto minhas palavras.

É verdade que nossa infelicidade teve origem naquelas conversas intermináveis em que nos comprazíamos quando éramos jovens esposos. Dois filhos: eu tinha 23 anos; você, 18; e para nós o amor talvez fosse um prazer menor que aquelas confidências, aquelas entregas. Como nas amizades pueris, tínhamos jurado dizer tudo um ao outro. Eu, que tinha tão pouco para contar que era obrigado a embelezar míseras aventuras, não duvidava de que você fosse tão inexperiente quanto eu; eu sequer imaginava que você pudesse algum dia ter pronunciado outro nome de homem antes do meu; eu não acreditava nisso até a noite...

Foi neste quarto onde hoje escrevo. O papel de parede foi trocado; mas os móveis de mogno ficaram nos mesmos lugares; na mesa, estavam aquele copo de opalina e o jogo de chá ganho num sorteio. O luar iluminava a esteira. O vento sul, que atravessa Landes, trazia até nosso leito um cheiro de incêndio.

Aquele amigo, Rodolphe, de quem você já me falara com frequência, sempre na escuridão do quarto, como se o fantasma dele tivesse de estar presente entre nós, nas horas de nossa mais profunda união, aquele nome você pronunciou de novo naquela noite, esqueceu? Mas isso já não lhe bastava:

"Querido, há umas coisas que eu deveria ter dito antes do nosso noivado. Tenho remorsos por não ter confessado... Ah! Nada de grave, fique tranquilo..."

Eu não estava preocupado e não fiz nada para provocar suas confissões. Mas você as desfiava com um deleite que de início me incomodou. Você não cedia a nenhum escrúpulo, não obedecia a nenhum sentimento de consideração por mim, como dizia e como, aliás, acreditava obedecer.

Não, você se espojava numa lembrança deliciosa, já não conseguia se conter. Talvez pressentisse naquilo uma ameaça à nossa felicidade; mas, como se diz, era mais forte que você. Não dependia de sua vontade que a sombra daquele Rodolphe deixasse de pairar em torno de nosso leito.

Não acredite em absoluto que a fonte de nossa infelicidade seja o ciúme. Eu, que mais tarde me tornaria um ciumento furioso, não sentia nada que lembrasse essa paixão na noite de que estou falando, uma noite de 1885, quando você me confessou que, em Aix, durante as férias, tinha sido noiva daquele desconhecido.

Quando penso que só depois de 45 anos pude me explicar sobre isso! Mas será que pelo menos você vai ler minha carta? Tudo isso lhe interessa tão pouco! Tudo o que se refere a mim lhe causa tédio. Os filhos já a impediam de me ver e me ouvir; mas, desde que vieram os netos... Paciência! Faço esta última tentativa. Talvez eu tenha sobre você mais poder morto do que vivo. Pelo menos nos primeiros dias. Durante algumas semanas, vou recuperar algum lugar em sua vida. Nem que seja por dever, você lerá estas páginas até o fim; preciso acreditar que sim. Acredito que sim.

II

NÃO, DURANTE AQUELA confissão, não senti nenhum ciúme. Como fazer você entender o que ela destruía em mim? Eu tinha sido o único filho daquela viúva que você conheceu, ou melhor, aquela com quem você conviveu longos anos sem conhecer. Mas, mesmo que isso tivesse despertado seu interesse, seria difícil para você, célula de uma poderosa e numerosa família burguesa, hierarquizada e organizada, compreender o que era a união daqueles dois seres, daquela mãe e daquele filho. Não, você não saberia conceber o que a viúva de um modesto funcionário, chefe de seção da chefatura de polícia, pode dar de cuidados a um filho que é tudo o que lhe resta no mundo. Meus sucessos escolares a enchiam de orgulho. Eram também minha única alegria. Naquele tempo, eu não duvidava de que éramos muito pobres. Para me convencer disso, teriam bastado nossa vida apertada, a rigorosa economia que para minha mãe era lei. É verdade que não me faltava nada. Hoje percebo até que ponto fui uma criança mimada. Os sítios de minha mãe, em Hosteins, supriam, por baixo custo, a nossa mesa, e para mim seria causa de espanto alguém porventura dizer que ela era muito refinada. As frangas cevadas com papa de painço, as lebres, os patês de galinha-d'angola não despertavam em mim nenhuma ideia de luxo. Eu sempre ouvira dizer que aquelas terras eram de pouco valor. E, de fato, quando minha mãe as herdara, eram extensões estéreis onde meu avô, na infância, levava os rebanhos ao pasto. Mas eu ignorava que o primeiro cuidado de meus pais tinha sido o de mandar semeá-los e que, com 21 anos, eu era proprietário de dois mil hectares de florestas que, em pleno crescimento, já forneciam madeira para escoras de minas. Minha mãe também economizava seus modestos rendimentos. Quando meu pai ainda estava vivo, à custa de muito sacrifício, eles haviam comprado Calèse (quarenta mil francos, um vinhedo de que eu não me desfaria nem por um milhão!). Morávamos na rua Sainte-Catherine, o terceiro andar de uma casa que nos pertencia. (Com alguns terrenos sem construções, ela constituíra o dote de meu pai.) Duas vezes por semana, chegava um cesto do campo: minha mãe ia o menos possível "ao açougueiro". Quanto a mim, vivia com a ideia fixa da École Normale, onde queria entrar. Era uma luta, às quintas-feiras e aos domingos, fazer-me "ir tomar ar". Eu não me assemelhava em nada àqueles meninos que são sempre os primeiros da classe, dando a impressão de não fazerem nenhum esforço para isso. Eu era um "caxias" e tinha orgulho de ser: um caxias, só isso. Não me lembro de, no liceu, ter sentido o menor prazer em estudar Virgílio ou Racine. Tudo isso não passava de matéria do curso. Das obras de humanidades, eu isolava as que faziam parte do currículo, as únicas que, a meu ver, tinham importância, e sobre elas escrevia o que se deve escrever para agradar os examinadores, quer dizer, o que já foi dito e escrito por gerações de alunos da escola. Assim idiota era eu, e assim talvez tivesse permanecido, não fosse a hemoptise que deixou minha mãe em pânico e, dois meses antes do concurso da École Normale, me obrigou a largar tudo.

Era o preço dos estudos excessivos na infância, de uma adolescência malsã; um garoto em plena fase de crescimento não vive impunemente curvado sobre uma mesa, com os ombros encolhidos, até altas horas da noite, desprezando todo e qualquer exercício físico.

Estou sendo tedioso? Tenho medo de entediá--la. Mas não pule nenhuma linha. Pode ter certeza de que me limito ao estritamente necessário: o drama de nossas duas vidas era potencial nesses acontecimentos que você não conheceu ou dos quais se esqueceu.

Aliás, por estas primeiras páginas, já se vê que não me pouparei. Você terá com o que cevar seu ódio... Não, não proteste; sempre que pensa em mim, é para alimentar sua inimizade.

No entanto, temo ser injusto com o garoto fracote que eu era, debruçado sobre dicionários. Quando leio as lembranças da infância dos outros, quando vejo o paraíso para o qual todos se voltam, eu me pergunto angustiado: "E eu? Por que essa paisagem desértica desde o início de minha vida? Talvez eu tenha esquecido aquilo de que os outros se lembram; talvez eu tenha conhecido os mesmos encantos..." Ai de mim, não vejo nada além do furor obstinado, da luta pelo primeiro lugar, de minha odienta rivalidade com certo Hénoch e certo Rodrigue. Meu instinto era de rechaçar qualquer simpatia. O prestígio de meus sucessos e até mesmo aquela agressividade atraíam certas naturezas, lembro-me disso. Eu era uma criança feroz para quem pretendesse me amar. Eu tinha horror a "sentimentos".

Se meu ofício fosse escrever, eu não conseguiria extrair de minha vida de liceu uma única página enternecedora. Espere... só uma coisa, porém, quase nada: meu pai, de quem eu mal me lembrava; às vezes eu me convencia de que ele não tinha morrido, de que uma combinação de circunstâncias estranhas provocara seu desaparecimento. Ao voltar do liceu, eu subia a rua Sainte-Catherine correndo, pelo meio da rua, entre os veículos, pois a multidão das calçadas retardaria meus passos. Subia a escada de quatro em quatro degraus. Minha mãe cerzia roupa perto da janela. A fotografia de meu pai estava dependurada no mesmo lugar, à direita da cama. Eu me deixava beijar por minha mãe, mal lhe respondia e já abria meus livros.

Posteriormente àquela hemoptise que transformou meu destino, foram lúgubres os meses transcorridos naquele chalé de Arcachon, onde a ruína de minha saúde consumava o naufrágio de minhas ambições universitárias. Minha saudosa mãe me irritava por não dar importância a isso e parecer pouco preocupada com meu futuro. A cada dia, ela vivia na expectativa da "hora do termômetro". De minha pesagem semanal dependia toda a sua dor ou toda a sua alegria. Eu, que deveria sofrer tanto depois por estar doente e minha doença não interessar a ninguém, reconhecia ter sido punido com justiça por minha dureza, minha implacabilidade de garoto amado demais.

A partir dos primeiros dias da primavera, eu "arribei", como dizia minha mãe. Literalmente ressuscitei. Ganhei robustez e força. Aquele corpo, que sofrera tanto com o regime que eu lhe impusera, desabrochou naquela floresta seca, cheia de giesteiras e medronheiros, no tempo em que Arcachon era apenas uma aldeia.

Ao mesmo tempo, fiquei sabendo, por minha mãe, que não precisava me preocupar com o futuro, que possuíamos uma boa fortuna que crescia ano a ano. Nada me pressionava; até porque, com grande probabilidade, seria poupado do serviço militar. Eu tinha grande facilidade de expressão verbal, o que impressionara todos os meus professores. Minha mãe queria que eu fizesse Direito e não tinha a menor dúvida de que, sem muita canseira, eu me tornaria facilmente um grande advogado, a menos que fosse atraído pela política... Ela falava o tempo todo, revelando-me seus planos de uma só vez. Quanto a mim, ouvia, amuado, hostil, com os olhos voltados para a janela.

Estava começando a correr atrás de "rabos de saia". Minha mãe me observava com indulgência e apreensão. Mais tarde, convivendo com sua família, percebi a importância que esses desregramentos adquirem entre as pessoas religiosas. Minha mãe, por sua vez, não via naquilo nenhum outro inconveniente além de uma possível ameaça à minha saúde. Quando teve certeza de que eu não abusava do prazer, fechou os olhos para minhas saídas noturnas, desde que eu voltasse à meia-noite. Não, não receie que lhe conte meus casos daquele tempo. Sei que você abomina essas coisas, aliás, eram tão míseras aquelas aventuras!

Já então elas me custavam bem caro. Eu sofria com isso. Sofria porque em mim os encantos eram tão escassos, que minha juventude de nada servia. Não que eu fosse feio, parece-me. Meus traços são "regulares", e Geneviève, meu retrato vivo, foi uma moça bonita. Mas eu pertencia àquele tipo de gente que, como dizem, não tem juventude: um adolescente desenxabido, sem frescor. Só a minha aparência desalentava as pessoas. Quanto mais consciência eu tinha desse fato, mais me enrijecia. Nunca soube me vestir, escolher uma gravata, fazer seu nó. Nunca soube relaxar, nem rir, nem fazer loucuras. Era inimaginável a possibilidade de me agregar a qualquer grupo folgazão: eu pertencia àquele tipo de gente cuja presença estraga tudo. Aliás, melindroso, incapaz de tolerar a mais leve brincadeira. Em compensação, quando queria brincar, acabava desferindo, sem querer, golpes que os outros não perdoavam. Eu ia direto ao ridículo, à vulnerabilidade que não se devia tocar. Com as mulheres, por timidez e orgulho, eu assumia o tom superior e doutoral que elas abominam. Eu não sabia ver seus vestidos. Quanto mais sentia que as desagradava, mais exacerbava tudo o que elas detestavam em mim. Minha juventude não passou de um longo suicídio. Eu me apressava a desagradar de propósito por medo de desagradar naturalmente.

Com ou sem razão, queria mal à minha mãe pelo que eu era. Parecia-me estar expiando o mal de ter sido, desde a infância, exageradamente paparicado, vigiado, servido. Naquele tempo, fui de uma dureza atroz com ela. Censurava-lhe o excesso de amor. Não lhe perdoava o fato de me oprimir com aquilo que só ela no mundo me daria, com aquilo que eu nunca conheceria, a não ser por meio dela. Desculpe por voltar ao assunto, é nesse pensamento que encontro a força para suportar o abandono em que você me deixa. É justo que eu pague. Pobre mulher, adormecida há tantos anos, e sua lembrança só sobrevive no coração extenuado deste velho que sou agora; quanto ela teria sofrido, se tivesse previsto como o destino a vingaria!

Sim, eu era atroz: na salinha de jantar do chalé, sob o lustre que iluminava nossas refeições, eu só respondia com monossílabos às suas tímidas perguntas; ou então me enfurecia repentinamente, com qualquer pretexto e mesmo sem motivo.

Ela não tentava compreender; não buscava as razões de meus furores; suportava-os como se fossem acessos de cólera de um deus: "Era a doença", dizia, "eu precisava descontrair os nervos…" E acrescentava que era ignorante demais para me compreender: "Reconheço que uma velha como eu não é companheira muito agradável para um rapaz da sua idade…" Ela, que eu conhecera tão econômica, para não dizer avarenta, dava-me mais dinheiro do que eu pedia, impelia-me a gastar, trazia-me de Bordeaux gravatas ridículas, que eu me recusava a usar.

Tínhamos criado laços com uma família vizinha cuja filha eu cortejava; não que gostasse dela, mas, como ela passava o inverno em Arcachon para cuidar da saúde, minha mãe ficava apavorada ante a ideia de um possível contágio ou temia que eu prejudicasse a reputação da moça e assumisse um compromisso contra a vontade. Hoje tenho certeza de que me apeguei, aliás em vão, àquela conquista para deixar minha mãe angustiada.

Voltamos a Bordeaux depois de um ano de ausência. Tínhamos mudado de casa. Minha mãe comprara uma mansão nos Boulevards, mas não me dissera nada para me fazer surpresa. Fiquei estupefato quando um camareiro abriu a porta para nós. O primeiro andar estava reservado para mim. Tudo parecia novo. Secretamente deslumbrado por um luxo que hoje imagino medonho, tive a crueldade de só fazer críticas e de me preocupar com o dinheiro gasto.

Foi então que minha mãe, radiante, apresentou-me contas que, aliás, não me devia (uma vez que o grosso da fortuna vinha de sua família). Cinquenta mil francos de renda, sem contar o abate das árvores, constituíam, naquela época e sobretudo na província, uma "bela" fortuna, que qualquer outro rapaz teria usado para progredir, elevar-se até a mais alta sociedade da cidade. Não era ambição o que me faltava; mas eu teria grande dificuldade para disfarçar meus sentimentos hostis perante meus colegas da Faculdade de Direito.

Eram quase todos filhos de boas famílias, criados por jesuítas, e eu, aluno de liceu e neto de pastor de rebanhos, não lhes perdoava o tremendo sentimento de inveja que suas maneiras me inspiravam, embora os visse como intelectualmente inferiores. Invejar seres que desprezamos é uma paixão vergonhosa, capaz de envenenar toda uma vida.

Eu os invejava e desprezava; e o desdém deles (talvez imaginário) exacerbava ainda mais o meu rancor. Tal era a minha natureza, que eu não pensava um único instante em granjear sua simpatia e, dia após dia, mergulhava cada vez mais nas fileiras de seus adversários. O ódio à religião, que durante muito tempo foi minha paixão dominante, que tanto a fez sofrer e nos tornou inimigos para sempre, esse ódio nasceu na Faculdade de Direito, em 1879 e em 1880, na época em que se votava o artigo 7º, no ano dos famosos decretos e da expulsão dos jesuítas.

Até então eu tinha vivido indiferente a essas questões. Minha mãe, quando falava do assunto, era para dizer: "Estou bem tranquila, se gente como nós não for salva, é porque ninguém vai ser." Eu tinha sido batizado. A Primeira Comunhão no liceu me pareceu uma formalidade maçante da qual guardei lembrança confusa. Em todo caso, não foi seguida por nenhuma outra. Minha ignorância nessas matérias era profunda. Os padres, na rua, quando eu era criança, me pareciam personagens fantasiadas, com uma espécie de máscara. Eu nunca pensava nesse tipo de problema, e, quando finalmente os abordei, foi do ponto de vista da política.

Fundei um círculo de estudos que se reunia no Café Voltaire; lá eu exercitava a oratória. Tão tímido na vida privada, estava me tornando outro homem nos debates públicos. Eu tinha partidários, e alegrava-me ser o líder, mas no fundo não os desprezava menos do que aos burgueses. O que me contrariava neles era a ingênua manifestação de suas miseráveis motivações, que eram também minhas e das quais me obrigavam a tomar consciência. Filhos de pequenos funcionários, ex-bolsistas, rapazes inteligentes e ambiciosos, mas cheios de fel, adulavam-me e não gostavam de mim. Eu lhes pagava algumas refeições memoráveis, das quais eles falavam muito tempo depois, mas suas maneiras me repugnavam. Às vezes eu não conseguia me abster de fazer alguma zombaria que os feria mortalmente e causava grande ressentimento.

Contudo, meu ódio antirreligioso era sincero. Certo desejo de justiça social também me atormentava. Obriguei minha mãe a derrubar as casas de adobe onde nossos meeiros viviam mal, comendo *cruchade** e pão preto. Pela primeira vez, ela tentou me opor resistência: "Pelo reconhecimento que terão por isso..."

Mas não fiz nada mais. Pesava-me reconhecer que meus adversários e eu tínhamos uma paixão em comum: a terra, o dinheiro. Existem as classes proprietárias e os outros. Percebi que sempre estaria do lado dos proprietários. Minha fortuna era igual ou superior à de todos aqueles rapazes empertigados que viravam a cara, achava eu, quando me viam e provavelmente não teriam recusado minha mão estendida. Aliás, não faltava quem, à direita e à esquerda, me censurasse, nas reuniões públicas, por meus dois mil hectares de floresta e meus vinhedos.

---

* Espécie de polenta ou angu de farinha de milho, característica comida de pobre. [N.T.]

Desculpe se me delongo assim. Sem todos esses detalhes, você talvez não entendesse o que foi nosso conhecimento, para um rapaz ferido como eu, o que foi nosso amor. Eu, filho de camponeses, de uma mãe que tinha usado lenço amarrado na cabeça, casar-me com uma senhorita Fondaudège! Estava além da imaginação, era inimaginável...

III

PAREI DE ESCREVER porque a luz desmaiava e eu ouvia conversas embaixo. Não que vocês estejam fazendo muito barulho. Ao contrário: falam em voz baixa, e é isso que me perturba. Antigamente, deste quarto, eu conseguia acompanhar suas conversas. Mas agora, desconfiados, vocês cochicham. No outro dia você me disse que eu estou ficando duro de ouvido. Nada disso: ouço o troar do trem no viaduto. Não, não, não estou surdo. São vocês que baixam a voz e não querem que eu surpreenda suas palavras. O que me escondem? Os negócios não vão bem? Eles estão todos em volta de você, de língua de fora: o marido da filha, que negocia com rum, o marido da neta, que não faz nada, e nosso filho Hubert, o corretor de ações... Esse rapaz, no entanto, tem o dinheiro de todo o mundo à disposição e paga vinte por cento!

Não contem comigo: eu não largo o osso. "Seria tão fácil cortar pinheiros...", você vai me sussurrar esta noite. Você me lembrará que as duas filhas de Hubert moram com os sogros desde o casamento, porque não têm dinheiro para comprar móveis. "Temos no sótão um monte de móveis se estragando, não custaria nada emprestá-los..." É o que você vai me pedir daqui a pouco. "Elas estão zangadas conosco, não pisam mais aqui. Eu fico sem meus netos..." É disso que estão tratando, disso que falam baixinho.

....
....
....

Estou relendo as linhas escritas ontem à noite numa espécie de delírio. Como pude ceder a tal furor? Já não é uma carta, mas um diário interrompido, retomado... Vou apagar tudo? Começar tudo de novo? Impossível: o tempo urge. O que escrevi está escrito. Aliás, qual era meu desejo, senão o de me abrir por inteiro para você, obrigá-la a me ver até o fundo? Há trinta anos, nada mais sou a seu ver que um aparelho distribuidor de notas de mil francos, aparelho que não funciona bem e precisa ser sacudido constantemente, até o dia em que por fim seja possível abri-lo, eviscerá-lo, recolher a mancheias o tesouro que ele encerra.

De novo estou cedendo à raiva. Ela me leva de volta ao ponto em que me interrompi: é preciso remontar a fonte desse furor, rememorar aquela noite fatal... Mas, antes, lembre-se de nosso primeiro encontro.

Eu estava em Luchon, com minha mãe, em agosto de 1883. O hotel Sacarron daquele tempo estava cheio de móveis estofados, pufes, camurças empalhadas. É das tílias das alamedas de Étigny a fragrância que ainda sinto, depois de tantos anos, quando as tílias florescem. De manhã, era acordado pelo trote miúdo dos asnos, pelos cincerros, pelos estalidos de chicotes. A água da montanha corria até as ruas. Vendedorezinhos apregoavam *croissants* e pães de leite. Guias passavam a cavalo, eu ficava olhando a partida das cavalgadas.

O primeiro andar inteiro era habitado pelos Fondaudège, que ocupavam o apartamento do rei Leopoldo. "Essa gente só podia ser esbanjadora!", dizia minha mãe.

Pois isso não os impedia de pagar sempre com atraso (eles tinham alugado os grandes terrenos que possuíamos nas docas, para armazenar mercadorias).

Jantávamos à mesa comum do hotel, mas vocês, os Fondaudège, eram servidos à parte. Lembro-me daquela mesa redonda, perto das janelas: sua avó, obesa, escondendo o crânio calvo sob rendas pretas, nas quais tremulavam azeviches. Eu sempre achava que ela estava sorrindo para mim, mas eram o formato de seus olhos minúsculos e a fenda desmesurada de sua boca que davam essa ilusão. Era servida por uma religiosa, figura balofa, biliosa, envolta em panos engomados. Sua mãe... como era bonita! Vestida de preto, sempre de luto pelos dois filhos perdidos. Foi ela, e não você, que eu admirei primeiro, furtivamente. A nudez de seu pescoço, de seus braços e de suas mãos me deixava perturbado. Não usava joias. Eu imaginava desafios stendhalianos e estabelecia que até a noite lhe dirigiria a palavra ou lhe entregaria uma carta. Em você eu mal reparava. Achava que as moças não me interessavam. Aliás, você tinha aquele tipo de insolência de nunca olhar para os outros, que era uma maneira de suprimi-los.

Certo dia, voltando do cassino, encontrei minha mãe conversando com a sra. Fondaudège, obsequiosa, amável demais, como quem está desesperado para se rebaixar ao nível do interlocutor. Minha mãe, ao contrário, falava alto: era um locatário que ela tinha nas garras, e os Fondaudège nada mais eram, a seus olhos, que maus pagadores. Camponesa e dona de terras, ela desconfiava do comércio e das frágeis fortunas constantemente ameaçadas. Eu a interrompi quando ela dizia: "Claro que eu tenho confiança na assinatura do sr. Fondaudège, mas…"

Pela primeira vez, eu me intrometi numa conversa de negócios. A sra. Fondaudège conseguiu o prazo que pleiteava. Depois, pensei com frequência que o instinto camponês de minha mãe não a enganara: sua família custou-me bem caro, e, se eu me deixasse sugar, seu filho, sua filha e o marido de sua neta logo teriam dado um jeito de aniquilar minha fortuna, de enterrá-la em seus negócios. Negócios! Um escritório no térreo, um telefone, uma datilógrafa… Por trás desse cenário, o dinheiro desaparece em maços de cem mil. Mas estou divagando… Estamos em 1883, em Bagnères-de-Luchon.

Agora eu via aquela família poderosa sorrir para mim. Sua avó não parava de falar, porque era surda. Mas, desde que passei a trocar algumas palavras com sua mãe, após as refeições, fiquei enfadado, e as ideias romanescas que eu tinha concebido a seu respeito se alteraram. Espero que você não se zangue se eu lembrar que a conversa dela era monótona, que ela habitava um universo tão limitado e empregava um vocabulário tão reduzido, que ao cabo de três minutos eu perdia a esperança de manter a conversa.

Minha atenção, desviada da mãe, fixou-se na filha. Não me dei conta de imediato que ninguém opunha nenhum obstáculo às nossas conversas. Como eu poderia imaginar que os Fondaudège me viam como um bom partido? Lembro-me de um passeio ao vale de Lys. Sua avó no fundo da vitória, com a religiosa, e nós dois no *strapontin*. Deus sabe que em Luchon não faltavam carruagens! Só podia ser uma Fondaudège para levar seu meio de transporte.

Os cavalos avançavam a passo, numa nuvem de moscas. O rosto da freira luzia; os olhos dela estavam semicerrados. Sua avó se abanava com um leque comprado nas alamedas de Étigny, com o desenho de um matador agarrochando um touro preto. Você estava de luvas três quartos, apesar do calor. Tudo era branco em você, até as botinhas de cano alto: "Você estava votada ao branco", dizia, desde a morte dos dois irmãos. Eu não sabia o que significava "estar votada ao branco". Depois fiquei sabendo como, em sua família, reinava o gosto por essas devoções um tanto estranhas. Era tal, então, o meu estado de espírito, que naquilo eu via muita poesia. Como fazê-la entender o que você havia provocado em mim? De repente, eu tinha a sensação de não mais causar desagrado, eu já não desagradava, não era odioso. Uma das datas importantes de minha vida foi aquela noite em que você me disse: "É incrível um rapaz ter cílios tão compridos!"

Eu escondia ciosamente minhas ideias avançadas. Lembro-me de que, durante aquele passeio, quando tínhamos os dois descido para diminuir o peso da carruagem numa subida, sua avó e a religiosa pegaram um rosário cada uma e, do alto de sua boleia, o velho cocheiro, treinado ao longo de anos, respondia às ave-marias. Você... você sorria olhando para mim. Mas eu permanecia imperturbável. Aos domingos, não me custava acompanhá-las à missa das onze horas. Para mim, nenhuma ideia metafísica se vinculava àquela cerimônia. Era o culto de uma classe, ao qual eu tinha orgulho de me sentir associado, uma espécie de religião dos antepassados para uso da burguesia, um conjunto de ritos desprovidos de qualquer significado não social.

Como às vezes você me olhava disfarçadamente, a lembrança daquelas missas permanece ligada àquela maravilhosa descoberta que eu fazia: ser capaz de despertar interesse, de agradar, de impressionar. O amor que eu sentia confundia-se com o amor que eu inspirava, que eu acreditava inspirar. Meus próprios sentimentos nada tinham de real. O que contava era minha fé no amor que você tinha por mim. Eu me refletia em outra pessoa, e minha imagem assim refletida nada apresentava de repulsivo. Num momento de deliciosa distensão, eu desabrochava. Lembro-me daquele degelo de todo o meu ser sob seu olhar, daquelas emoções emanantes, daqueles mananciais liberados. Os gestos mais comezinhos de ternura, um aperto de mão, uma flor guardada num livro, tudo era novo para mim, tudo me encantava.

Só minha mãe deixava de ser beneficiada por essa renovação. Primeiro, porque eu a sentia hostil ao sonho (insano, a meu ver) que se formava lentamente em mim. Eu lhe queria mal por não estar deslumbrada. "Você não percebe que essa gente está tentando atraí-lo?", repetia ela, sem desconfiar que assim arriscava destruir minha imensa alegria de ter finalmente caído no agrado de uma moça. Existia uma jovem no mundo que se agradava de mim e talvez quisesse se casar comigo: era no que eu acreditava, apesar da desconfiança de minha mãe; pois vocês eram demasiadamente grandes, poderosos, para terem alguma vantagem numa aliança conosco. Seja como for, eu nutria um ressentimento que beirava o ódio contra minha mãe, por ela pôr em dúvida a minha felicidade.

Nem por isso ela deixava de colher informações, pois tinha fontes nos principais bancos. Vibrei no dia em que ela precisou reconhecer que, apesar de alguns percalços passageiros, a casa Fondaudège gozava de grande crédito. "Eles ganham um dinheirão, mas têm um estilo de vida caro demais", dizia minha mãe. "Vai tudo em cavalariças e librés. Eles acham melhor viver na ostentação do que guardar dinheiro..."

As informações dos bancos acabaram por dar garantias de minha felicidade. Eu tinha a prova do desinteresse de sua família, que me sorria porque gostava de mim; de repente, parecia-me natural que todos gostassem de mim. Eles me deixavam sozinho com você, à noite, nas aleias do cassino. Coisa estranha, nesses começos de vida em que nos cabe alguma felicidade, é que nenhuma voz nos adverte: "Por mais que vivas, não terás outra alegria no mundo senão a destas poucas horas. Saboreia-as até o fundo, porque, depois disso, nada te resta. Essa primeira fonte encontrada é também a última. Mata a sede de uma vez por todas: não beberás mais."

Mas, pelo contrário, eu me convencia de que era o início de uma longa vida apaixonada e não prestava suficiente atenção àquelas noites em que permanecíamos, imóveis, sob a folhagem adormecida.

No entanto, houve sinais, mas eu os interpretava mal. Lembra-se daquela noite, num banco (na alameda cheia de meandros que subia por trás das Termas)? De repente, sem causa aparente, você desatou em forte choro. Lembro-me do cheiro de suas faces molhadas, o cheiro daquela tristeza desconhecida. Eu achava que eram lágrimas do amor feliz. Minha juventude não sabia interpretar aqueles arquejos, aquelas sufocações. É verdade que você me dizia: "Não é nada, é por estar perto de você…"

Você não mentia, mentirosa. Era exatamente por estar perto de mim que chorava – perto de mim e não de outro, e não perto daquele cujo nome você me revelaria alguns meses depois, neste quarto onde estou escrevendo, onde sou um velho prestes a morrer, no meio de uma família à espreita, à espera do momento de disputar a carne jogada aos cães.

E eu, sentado naquele banco, entre os meandros de Superbagnères, apoiava o rosto entre seu ombro e seu pescoço, aspirava o cheiro daquela menina banhada em lágrimas. A noite pirenaica úmida e tépida, que recendia a relva molhada e a menta, também ganhara algo daquele seu aroma. Na praça das termas, que víamos de cima, as folhas das tílias, ao redor do coreto, eram iluminadas pelos postes de luz. Um velho inglês do hotel, com uma rede de cabo comprido, apanhava as mariposas que a iluminação atraía. Você me dizia: "Empreste seu lenço..." Eu enxuguei seus olhos e escondi aquele lenço entre a camisa e o peito.

Não preciso dizer que tinha me tornado outro. Até meu rosto havia sido tocado por uma luz. Isso eu percebia pelos olhares das mulheres. Não me ocorreu nenhuma suspeita depois daquela noite de lágrimas. Aliás, para uma noite como aquela, quantas não houve em que você era só alegria, em que você se apoiava em mim, em que você se agarrava ao meu braço! Eu andava depressa demais, e você penava para me seguir. Eu era um noivo casto. Você concernia a uma parte intacta de minha pessoa. Nem uma vez tive a tentação de abusar da confiança que sua família depositava em mim e que eu estava a mil léguas de considerar premeditada.

Sim, eu era outro homem, a tal ponto que um dia – depois de quarenta anos, finalmente ouso fazer esta confissão, da qual você não terá o gosto de se glorificar, quando ler esta carta –, um dia, a caminho do vale de Lys, tínhamos descido da vitória. As águas fluíam; eu esmagava um punhado de funcho entre os dedos; no sopé das montanhas, a noite se acumulava, mas, nos cumes, subsistiam campos de luz... De repente, tive a sensação aguda, a certeza quase física da existência de outro mundo, de uma realidade da qual só conhecíamos a sombra...

Não passou de um instante que, ao longo de minha vida triste, se repetiu raríssimas vezes. Mas a própria singularidade do fato, a meu ver, confere--lhe maior valor. Foi por isso que, depois, durante o longo debate religioso que nos dilacerou, precisei afastar essa lembrança... Devia-lhe a confissão... Mas ainda não é hora de abordar esse assunto.

Bobagem relembrar nosso noivado. Certa noite, ele se realizou; e isso ocorreu sem que eu tivesse desejado. Você interpretou, creio, palavras que eu disse com sentido completamente diferente do que eu quisera dar: eu estava ligado a você e não me conformava. Bobagem rememorar tudo isso. Mas há uma coisa horrível na qual estou condenado a demorar o pensamento.

Você me comunicou imediatamente uma de suas exigências. "Em nome do bom entendimento", você se recusava a conviver com minha mãe e até a morar na mesma casa. Seus pais e você mesma estavam decididos a não transigir nesse ponto.

Como depois de tantos anos continua vivo em minha memória aquele quarto abafado do hotel, com aquela janela que dava para as aleias de Étigny! A poeira dourada, os estalidos de chicote, os chocalhos, uma canção tirolesa atravessavam as gelosias abaixadas. Minha mãe, com enxaqueca, estava deitada no sofá, vestindo saia e corpete (ela nunca soube o que era *négligé*, penhoar, roupão). Aproveitei quando ela disse que deixaria para nós os aposentos do térreo e se limitaria a um quarto no terceiro andar:

— Escute, mamãe. Isa acha que seria melhor...

– À medida que falava, eu olhava de soslaio aquela figura idosa, depois desviava o olhar. Com seus dedos deformados, minha mãe enrugava o festão do corpete. Se ela tivesse discutido, eu saberia a que me apegar, mas seu silêncio não prestava nenhuma ajuda à minha cólera.

Ela fingia não se sentir atingida, nem mesmo estar surpresa. Por fim falou, buscando palavras que me fizessem acreditar que já esperava nossa separação.

— Vou ficar morando quase o ano inteiro em Aurigne – dizia –, é a mais habitável de nossas propriedades, e deixo vocês em Calèse. Construo uma casinha em Aurigne: três cômodos são suficientes para mim. É pena ter de fazer esse gasto, porque, no ano que vem, eu talvez já esteja morta. Mas poderá lhe ser útil mais tarde, para a caça ao pombo-torcaz. Seria agradável morar lá, em outubro. Você não gosta de caçar, mas pode vir a ter filhos que gostem.

Por mais longe que fosse minha ingratidão, era impossível alcançar o extremo daquele amor. Alijado de sua posição, ele se reconstituía em outra. Organizava-se, adaptava-se com o que eu lhe deixava. Mas, à noite, você me perguntou:

— O que há com sua mãe?

Já no dia seguinte ela voltou ao aspecto habitual. Seu pai chegou de Bordeaux com a filha mais velha e o genro. Foi preciso informá-los. Eles me mediam. Parecia até que os ouvia fazendo perguntas uns aos outros: "Você acha que ele é 'apresentável'?... A mãe dele não dá..." Nunca vou me esquecer do espanto que me foi causado por sua irmã, Marie-Louise, que vocês chamavam de Marinette, mais velha que você um ano, parecendo ser mais nova, esguia, com aquele pescoço comprido, aquele coque pesado demais, aqueles olhos infantis. O velho a quem seu pai a entregara, o barão Philipot, me causou horror. Mas, desde que ele morreu, tenho pensado com frequência naquele sexagenário como um dos homens mais infelizes que já conheci. Que martírio aquele imbecil sofreu, para que sua jovem esposa se esquecesse de que ele era um velho! Um espartilho apertava-o tanto que ele mal respirava. O colarinho engomado, alto e largo, disfarçava papadas e barbelas. A pintura luzidia do bigode e das suíças realçava a devastação da carne violácea. Ele mal ouvia o que lhe diziam, estando sempre à procura de um espelho; e, achando-o, como ríamos, você se lembra, ao surpreendermos a mirada que o infeliz lançava à sua própria imagem, aquele exame perpétuo a que se submetia. A dentadura o impedia de sorrir. Seus lábios permaneciam cerrados por uma vontade que nunca esmorecia. Também tínhamos reparado naquele seu gesto, ao pôr a cartola na cabeça, para não despentear a enorme mecha que, partindo da nuca, se distribuía pelo crânio como o delta de um rio magro.

Seu pai, que era da mesma geração, apesar da barba branca, da calvície e da barriga, ainda atraía as mulheres e, mesmo nos negócios, sabia como seduzir. Só minha mãe resistiu. Talvez estivesse endurecida pelo golpe que eu acabava de lhe desferir. Ela discutia cada cláusula do contrato como se fosse uma venda ou um arrendamento. Eu fingia indignação com suas exigências e a desautorizava, feliz no íntimo por saber que meus interesses estavam em boas mãos. Se hoje minha fortuna está claramente separada da sua, se vocês têm tão pouco domínio sobre mim, isso eu devo à minha mãe, que exigiu um regime dotal rigorosíssimo, como se eu fosse uma moça decidida a se casar com um depravado.

Uma vez que os Fondaudège não rompiam o compromisso diante daquelas exigências, eu podia dormir tranquilo: eles me queriam, achava eu, porque você me queria.

Minha mãe não queria ouvir falar em pagamento de renda; exigia que o dote fosse pago em moeda sonante. Dizia: "Eles me apresentam como exemplo o barão Philipot, que ficou com a mais velha sem um tostão... Acho mesmo! Para terem entregado aquela coitadinha àquele velho, eles só podiam ter alguma vantagem! Mas conosco é diferente: eles achavam que eu ia ficar deslumbrada com essa aliança: eles não me conhecem..."

Nós dois bancávamos os "pombinhos", sem interesse pelas discussões. Imagino que você tivesse tanta confiança no gênio comercial de seu pai quanto eu tinha no de minha mãe. Afinal, talvez nenhum de nós soubesse até que ponto amávamos o dinheiro...

Não, estou sendo injusto. Você nunca amou o dinheiro, a não ser por causa dos filhos. Você me assassinaria, talvez, para enriquecê-los, mas, por eles, tiraria o pão da própria boca.

Ao passo que eu... eu amo o dinheiro, admito, ele me dá segurança. Enquanto eu continuar sendo o dono da fortuna, vocês não terão poder contra mim. "Precisamos de tão pouco em nossa idade", você repete. Ledo engano! O velho só existe graças ao que possui. Quando deixa de possuir, é jogado às traças. Não há escolha entre o albergue, o asilo e a fortuna. Quantas histórias se ouvem de camponeses que deixam seus velhos morrer de fome depois de os terem depenado; e quantas vezes ouvi coisa equivalente, com um pouco mais de formalidade e boas maneiras, nas famílias burguesas! Pois bem! Sim, tenho medo de ficar pobre. Tenho a impressão de que nunca acumularei ouro suficiente. Sobre vocês ele exerce atração, mas a mim dá proteção.

A hora do ângelus já passou, e eu não ouvi... mas não soou: hoje é Sexta-Feira Santa. Os homens da família vão chegar, esta noite, de carro; eu descerei para jantar. Quero vê-los todos reunidos: sinto-me mais forte contra todos do que nas conversas particulares. Além disso, faço questão de comer minha costeleta, neste dia de penitência, não por bravata, mas para demonstrar que conservo minha vontade intacta e não cederei em nenhum ponto.

Todas as posições que ocupo há 45 anos, das quais você não conseguiu me alijar, cairiam por terra, uma a uma, se eu fizesse uma única concessão. Diante dessa família que come feijão e sardinhas no azeite, minha costeleta da Sexta-Feira Santa será o sinal de que não resta nenhuma esperança de me escorcharem vivo.

IV

EU NÃO ESTAVA enganado. Minha presença no meio de vocês, ontem à noite, atrapalhava seus planos. A mesa das crianças era a única alegre, porque na noite da Sexta-Feira Santa elas jantam chocolate e pão com manteiga. Não as distingo umas das outras: minha neta Janine já tem uma filha que anda... Dei a todos o espetáculo de um excelente apetite. Você fez alusão à minha saúde e à minha idade avançada para desculpar a costeleta aos olhos das crianças. O que me pareceu terrível foi o otimismo de Hubert. Ele se diz seguro de que a Bolsa vai subir dentro em pouco, como alguém para quem isso é uma questão de vida ou morte. De qualquer modo, é meu filho. Esse quadragenário é meu filho, eu sei, mas não o sinto. Impossível encarar essa verdade. No entanto, se seus negócios fracassassem! Um corretor de ações que paga tais dividendos aposta e arrisca alto... No dia em que honra da família estivesse em jogo... A honra da família! Eis aí um ídolo para o qual eu não oferecerei nenhum sacrifício. Que a minha decisão seja firmemente tomada de antemão. Seria preciso aguentar firme, não amolecer. Até porque sempre restará o velho tio Fondaudège que daria conta, se eu não desse... mas estou divagando, fugindo do assunto... ou melhor, esquivando-me de recordar aquela noite em que você, sem perceber, destruiu nossa felicidade.

É estranho pensar que você talvez não tenha guardado lembrança daquilo. Aquelas poucas horas de escuridão morna, neste quarto, decidiram nossos dois destinos. Cada frase que você dizia separava-os mais um pouco, e você não se deu conta de nada. Sua memória, atulhada por mil lembranças fúteis, nada reteve daquele desastre. Pense que você, que afirma acreditar na vida eterna, implicou e comprometeu a minha própria eternidade naquela noite. Pois nosso primeiro amor me tornara sensível à atmosfera de fé e adoração em que sua vida se banhava. Eu a amava e amava os elementos espirituais de seu ser. Eu me enternecia quando você se ajoelhava, em sua longa camisola de colegial...

Ocupávamos este quarto onde escrevo estas linhas. Por que, voltando da viagem de núpcias, tínhamos vindo a Calèse, onde morava minha mãe? (Eu não aceitara que ela nos desse Calèse, obra sua, que ela adorava.) Eu me lembrei, depois, para mais alimento de meu ressentimento, das circunstâncias que de início tinham me escapado ou de que eu desviara o olhar. Em primeiro lugar, sua família usara como pretexto a morte de um tio e os costumes da Bretanha para cancelar os festejos nupciais. Estava evidente que tinham vergonha de uma aliança tão medíocre. O barão Philipot contava por toda parte que, em Bagnères-de-Luchon, sua cunhadinha tinha ficado "louca" por um rapaz, aliás encantador, de muito futuro e grande riqueza, mas de origem obscura. E dizia: "Enfim, não é uma família." Falava de mim como se eu fosse um filho natural. Mas, no final das contas, achava interessante eu não ter família, o que não daria motivo para constrangimentos. Minha velha mãe era, em suma, apresentável e parecia querer ficar em seu devido lugar. Por fim, você, segundo ele, era uma menina mimada que fazia o que bem entendia com os pais; e minha fortuna mostrava-se suficientemente boa para que os Fondaudège pudessem concordar com o casamento e fechar os olhos para o resto.

Quando chegaram aos meus ouvidos, essas maledicências não representaram nada além daquilo que, no fundo, eu já conhecia. A felicidade impedia-me de lhes dar importância; e devo admitir que eu mesmo tinha achado vantagem naquelas bodas quase clandestinas: onde descobriria rapazes para me servirem de paraninfos naquele pequeno bando famélico que eu havia liderado? Meu orgulho me impedia de recorrer a inimigos de outrora. Aquele casamento notável teria facilitado a aproximação; mas, nesta confissão, estou me denegrindo o suficiente para não disfarçar um traço de meu caráter: independência, inflexibilidade. Não me rebaixo diante de ninguém, mantenho-me fiel a minhas ideias. Nesse ponto, o casamento despertara alguns remorsos em mim. Eu prometera a seus pais que não faria nada para afastá-la das práticas religiosas, mas só tinha me comprometido a não me afiliar à maçonaria. Aliás, vocês não pensavam em nenhuma outra exigência. Naqueles anos, a religião era assunto apenas de mulheres. No seu mundo, o marido "ia com a mulher à missa": era essa a fórmula usual. Ora, em Luchon, eu lhes provara que não me opunha a isso.

Quando voltamos de Veneza, em setembro de 1885, seus pais encontraram pretextos para não nos receber em seu castelo de Cenon, onde os amigos deles e os dos Philipot não deixavam nenhum quarto livre. Por isso, achamos que seria melhor ficarmos durante algum tempo com minha mãe. A lembrança de nossa rudeza com ela não nos embaraçava nem um pouco. Concordávamos em viver perto dela, desde que isso nos parecesse cômodo.

Ela se absteve de prevalecer-se da situação. A casa era nossa, dizia. Podíamos receber quem quiséssemos; ela não se mostraria, ninguém a veria. Dizia: "Eu sei desaparecer." Também dizia: "Estou o tempo todo fora." De fato, ficava muito ocupada com vinhedos, cantinas, galinheiro e lavanderia. Depois de comer, subia por um instante ao quarto, pedia desculpas quando nos encontrava na sala de estar. Batia antes de entrar, e precisei avisá-la de que não devia fazer isso. Chegou a lhe oferecer que tomasse as rédeas da casa, mas você não lhe causou esse desgosto. Aliás, não tinha nenhuma vontade de fazê-lo. Ah! Sua condescendência para com ela! Aquela gratidão humilde que ela tinha por você!

Você não nos separava tanto quanto ela havia receado. Eu até me mostrava mais gentil do que antes do casamento. Nossas gargalhadas a deixavam espantada: aquele jovem marido feliz, quem diria, era seu filho, que tinha sido tão fechado e duro durante tanto tempo. Ela não soubera lidar comigo, achava, eu era muito superior a ela. Você reparava o mal que ela havia feito.

Eu me lembro da admiração dela, quando você lambuzava de pintura biombos e pandeiros, quando você cantava ou tocava ao piano a "Canção sem palavras", de Mendelssohn, errando sempre nos mesmos lugares.

Algumas amigas jovens às vezes vinham visitá-la. Você as avisava: "Vão ver a minha sogra, é um tipo, uma verdadeira senhora do campo, como não existe mais." Nela, você via muito *estilo*. Ela tinha um jeito de falar dialeto com os criados que lhe parecia de muito bom-tom. Você chegava até a lhes mostrar o daguerreótipo no qual minha mãe, aos 15 anos, ainda está de lenço na cabeça. E citava um ditado sobre as velhas famílias camponesas: "mais nobres que muitos nobres..." Como você era convencional naquele tempo! Foi a maternidade que a devolveu à natureza.

Continuo retrocedendo diante do relato daquela noite. Estava tão quente, que não tínhamos conseguido deixar as venezianas fechadas, apesar do horror que você tinha aos morcegos. Por mais que soubéssemos do atrito das folhas de uma tília contra a casa, sempre nos parecia que alguém respirava no fundo do quarto. E às vezes o vento, soprando nas copas das árvores, imitava o ruído de um aguaceiro. A lua, declinando, iluminava o assoalho e os pálidos fantasmas de nossa roupa espalhada. Não mais ouvíamos a pradaria murmurante cujo murmúrio se fizera silêncio.

Você me dizia: "Vamos dormir. Precisamos dormir..." Mas, em torno de nossa lassidão, uma sombra rondava. Do fundo do abismo, não subíamos sozinhos. Surgia aquele Rodolphe desconhecido, que eu despertava em seu coração assim que meus braços se fechavam sobre você.

E, quando eu voltava a abri-los, nós adivinhávamos a presença dele. Eu não queria sofrer, tinha medo de sofrer. O instinto de conservação também age em prol da felicidade. Eu sabia que não devia fazer perguntas. Deixava que aquele nome arrebentasse como uma bolha na superfície de nossa vida. Não fiz nada para arrancar do limo o que dormia sob as águas adormecidas, aquele princípio de deterioração, aquele segredo pútrido. Mas você, infeliz, sentia necessidade de libertar com palavras aquela paixão frustrada, insaciada. Bastou uma única pergunta, que me escapou:

— Mas, afinal, quem era esse Rodolphe?

— Há umas coisas que eu deveria ter dito a você. Ah! Nada de grave, fique tranquilo.

Você falava em voz baixa e apressada. Sua cabeça já não repousava na concavidade de meu ombro. O espaço ínfimo que separava nossos corpos deitados já se tornara intransponível.

Filho de uma austríaca e de um grande industrial do Norte... Você o conhecera em Aix, para onde tinha ido com sua avó, no ano anterior a nosso conhecimento em Luchon. Ele chegava de Cambridge. Você não o descrevia, mas eu lhe atribuía de uma vez todos os encantos de que eu sabia ser desprovido. O luar iluminava, sobre os lençóis, minha mão grande e nodosa de camponês, com unhas curtas. Vocês não tinham feito nada de realmente mau, embora ele fosse, dizia você, menos respeitoso que eu. De suas confissões, minha memória nada reteve de preciso. Que me importava? A questão não era essa. Se você não o tivesse amado, eu me consolaria por alguma dessas breves capitulações nas quais naufraga, de uma só vez, a pureza de uma menina. Mas eu já me interrogava: "Menos d'um ano depois daquele grande amor, como ela pôde me amar?" Gelei de terror: *Tudo era falso*, pensava, *ela mentiu para mim, eu não estava liberto. Como pude acreditar que uma jovem me amaria! Eu era um homem que ninguém ama!*

As estrelas da madrugada ainda palpitavam. Um melro despertou. A brisa que ouvíamos nas folhas, bem antes de a sentirmos no corpo, inflava as cortinas, refrescava meus olhos, como no tempo em que eu era feliz. Aquela felicidade existia, dez minutos atrás, e eu já pensava: *No tempo em que eu era feliz...* Fiz uma pergunta:

— Ele não quis saber de você?

Você se indignou, eu me lembro. Ainda soa em meus ouvidos aquela voz especial que você assumia quando sua vaidade estava em jogo. Naturalmente, ele estava, ao contrário, muito entusiasmado, muito orgulhoso de se casar com uma Fondaudège. Mas os pais dele tinham sido informados de que você perdera dois irmãos, ambos ceifados na adolescência pela tuberculose. Como ele próprio tinha saúde frágil, a família foi irredutível.

Eu fazia perguntas com calma. Nada lhe mostrava o que você estava em vias de destruir.

— Tudo isso, querido, foi providencial para nós dois – dizia você. – Você sabe como meus pais são orgulhosos, um pouco ridículos, reconheço. Vou lhe confessar uma coisa: para que nossa felicidade tenha sido possível, meus pais devem ter ficado atordoados com aquele casamento malogrado. Você sabe da importância que no nosso mundo é atribuída ao que se refere à saúde, em se tratando de casamento. Minha mãe imaginava que toda a cidade sabia da minha aventura. Ninguém mais ia querer se casar comigo. A ideia fixa dela era que eu ficaria solteirona. Que vida ela me impôs durante vários meses! Como se a minha própria tristeza não bastasse... Ela acabou convencendo a mim e a meu pai de que eu não era "casável".

Eu omitia toda e qualquer frase que pudesse colocá-la na defensiva. Você repetia que tudo aquilo tinha sido providencial para nosso amor.

— Senti amor por você imediatamente, assim que o vi. Tínhamos rezado muito em Lourdes antes de irmos a Luchon. Quando o vi, percebi que tínhamos sido atendidas.

Você não pressentia a irritação que tais frases despertavam em mim. Os que não pensam como vocês têm, em segredo, uma ideia muito mais elevada de religião do que vocês podem imaginar e do que eles mesmos acreditam. Não fosse assim, por que ficariam chocados por vocês a praticarem com tanta baixeza? A menos que lhes pareça muito simples pedir até mesmo bens temporais a esse Deus que chamam de Pai?... Mas o que importa tudo isso? De tudo o que me dizia, ficava claro que você e sua família se lançaram avidamente ao primeiro caramujo que encontraram.

Até aquele minuto eu nunca tivera consciência da tamanha desproporcionalidade de nosso casamento. Foi preciso sua mãe ser acometida de loucura e transmiti-la a você e a seu pai... Você me contava que os Philipot haviam ameaçado renegá-la caso se casasse comigo. Sim, em Luchon, enquanto zombávamos daquele imbecil, ele fazia de tudo para levar os Fondaudège a um rompimento.

— Mas eu fazia questão de ficar com você, meu querido, e os esforços dele deram em nada.

Você repetiu várias vezes que, claro, não se arrependia de nada. Eu a deixava falar. Prendia a respiração. Você garantia que não teria sido feliz com o tal Rodolphe. Ele era bonito demais, não amava, deixava-se amar. Qualquer uma o teria roubado.

Você nem percebia que sua voz mudava quando falava dele – menos aguda, com uma espécie de tremor, de arrulho, como se antigos suspiros continuassem suspensos em seu peito e o simples nome Rodolphe os liberasse.

Ele não a teria feito feliz, porque era bonito, encantador, amado. Significava que eu, eu representaria a sua alegria por causa de meu rosto feio, da rudeza do trato que afastava os corações. Ele tinha aquele jeito insuportável dos rapazes que estiveram em Cambridge, dizia você, e imitam os modos ingleses... Será que você achava preferível ter um marido que se mostrava incapaz de escolher o tecido de um terno e de dar nó a uma gravata, que odiava esportes, não praticava aquela frivolidade erudita, aquela arte de esquivar-se de conversas sérias, confissões e revelações, em vez de alguém que cultivava a ciência de viver feliz e com elegância? Não, você ficara com este infeliz, porque ele estava ali, naquele ano em que sua mãe, aflita com o avanço da idade, se convencera de que a filha não era "casável", porque você não queria nem podia continuar solteira mais seis meses, porque ele tinha dinheiro bastante para que isso fosse desculpa suficiente aos olhos da sociedade...

Eu prendia a respiração ofegante, fechava os punhos, mordia o lábio inferior. Quando hoje, porventura, sinto horror de mim mesmo, a ponto de não poder suportar meu coração e meu corpo, penso naquele rapaz de 1885, naquele marido de 23 anos, com os dois braços dobrados contra o peito, abafando com raiva seu jovem amor.

Eu tiritava. Você percebeu e parou de falar.

— Está com frio, Louis?

Respondi que era só um arrepio. Não era nada.

— Não está com ciúme, certo? Seria bobo demais...

Eu não menti ao jurar que em mim não havia nem uma gota de ciúme. Como você entenderia que o drama se desenrolava para além do ciúme?

Apesar de nem de longe pressentir a profundidade com que eu era afetado, você se preocupava com meu silêncio. Sua mão buscou minha testa no escuro, acariciou meu rosto. Embora ele não estivesse molhado de lágrimas, aquela mão talvez não tenha reconhecido os traços familiares na face dura, de mandíbulas apertadas. Para acender a vela, você deitou meio corpo sobre mim; não conseguia riscar o fósforo. Eu sufocava sob seu corpo odioso.

— O que há com você? Não fique assim sem dizer nada: está me dando medo.

Eu fingi surpresa. Garanti que eu não tinha nada que pudesse lhe causar apreensão.

— Querido, você é um bobo, me fazendo sentir medo! Vou apagar. Vou dormir.

Você não falou mais. Eu olhava aquele dia novo nascer, aquele dia de minha nova vida. As andorinhas piavam nos telhados. Um homem atravessava o pátio arrastando seus tamancos. Tudo o que ainda ouço, depois de 45 anos, eu ouvia então: galos, sinos, um trem de carga no viaduto; e tudo o que eu respirava, ainda: o perfume de que gosto, aquele cheiro de cinza do vento quando se queimavam charnecas pelos lados do mar. De repente, sentei-me na cama.

— Isa, na noite em que você chorou, na noite em que estávamos sentados naquele banco, nos meandros de Superbagnères, foi por causa dele?

Como você não respondia, agarrei seu braço, e você o soltou, com um grunhido quase animal. Virou-se de lado. Dormia imersa em seus cabelos longos. Surpreendida pelo frescor da madrugada, havia puxado os lençóis desordenadamente sobre seu corpo encolhido, enroscado como o de um animalzinho adormecido. De que adiantaria tirá-la daquele sono de criança? O que eu queria ouvir de seus lábios acaso já não sabia?

Levantei-me sem ruído, fui descalço até o espelho do armário e contemplei-me, como se fosse outro, ou melhor, como se eu tivesse voltado a ser eu mesmo: o homem que ninguém tinha amado, aquele por quem ninguém no mundo havia sofrido. Apiedava-me de minha juventude; minha manzorra de camponês deslizou por minha face não barbeada, já ensombrecida por uma barba dura, com reflexos avermelhados.

Vesti-me em silêncio e desci para o jardim. Minha mãe estava no roseiral. Levantava-se antes dos criados para ventilar a casa. Disse-me:

— Está aproveitando a fresca?

E, mostrando-me a bruma que cobria a planície:

— Vai ser sufocante hoje. Às oito horas, fecho tudo.

Beijei-a com mais ternura que de costume. Ela disse em voz baixa: "Meu querido..." Meu coração (você se espanta por eu falar de meu coração?), meu coração estava a ponto de explodir. Vieram-me aos lábios algumas palavras hesitantes... Por onde começar? O que ela entenderia? O silêncio é uma comodidade à qual sempre sucumbo.

Desci para o terraço. Frágeis árvores frutíferas desenhavam-se vagamente acima das vinhas. Os dorsos das colinas levantavam a bruma, rasgando-a. Um campanário nascia da cerração, depois ia saindo a igreja, como um corpo vivo. Você, que imagina que nunca entendi nada de todas essas coisas... no entanto eu sentia, naquele minuto, que uma criatura destroçada, como eu estava, pode procurar a razão, o sentido de sua derrota; que é possível que essa derrota encerre algum significado, que os acontecimentos, sobretudo no plano do coração, talvez sejam mensageiros cujo segredo é preciso interpretar... Sim, em certas horas de minha vida, fui capaz de entrever essas coisas que deveriam ter me aproximado de você.

Aliás, naquela manhã, essa emoção deve ter durado apenas alguns segundos. Ainda me vejo subindo de volta para a casa. Não eram oito horas, e o sol já escaldava. Você estava na janela, com a cabeça inclinada, segurando os cabelos com uma das mãos enquanto a outra os escovava. Você não me via. Permaneci por um instante com a cabeça erguida em sua direção, tomado por um ódio cujo gosto amargo me parece ainda sentir na boca, passados tantos anos.

Corri até minha escrivaninha, abri a gaveta que estava fechada à chave; tirei de lá um lencinho amarrotado, o mesmo que servira para enxugar suas lágrimas na noite de Superbagnères, aquele que eu, pobre idiota, tinha apertado contra o peito. Peguei-o, nele prendi uma pedra, como teria feito a um cão vivo que eu quisesse afogar, e o atirei naquele brejo que, entre nós, se chama *gouttiu*.

V

ENTÃO TEVE INÍCIO a era do grande silêncio que, há quarenta anos, quase não foi rompido. Por fora, nada daquela derrocada se tornou visível. Tudo continuou como no tempo em que eu era feliz. Não ficamos menos unidos na carne, mas o fantasma de Rodolphe já não nascia de nossa conjunção, e você nunca mais pronunciou o nome terrível. Ele viera atendendo a seu chamado, havia rondado em torno de nosso leito, realizado sua obra de destruição. E agora só restava calar e esperar a longa sequência de efeitos e o encadeamento das consequências.

Talvez você sentisse que havia cometido um erro ao falar. Achava que não era muito grave, mas que simplesmente o mais sensato era banir esse nome de nossas conversas. Não sei se percebeu que já não falávamos como antes, durante a noite. Tinham-se acabado nossas prosas intermináveis.

Não dizíamos mais nada que não fosse calculado. Cada um de nós se mantinha em guarda.

Eu acordava de madrugada, era acordado pelo sofrimento. Estava unido a você como a raposa à armadilha. Imaginava o diálogo que teria havido entre nós se eu a houvesse sacudido com brutalidade, se a tivesse jogado para fora da cama: "Não, eu não menti", teria você gritado, "porque te amava…" "Sim, como um quebra-galho, e porque é sempre fácil recorrer a anseios carnais que não significam nada, para fazer o outro acreditar que é amado. Eu não era um monstro: a primeira moça que me amasse teria feito de mim o que quisesse." Às vezes eu gemia na escuridão, e você não acordava.

Sua primeira gravidez, aliás, tornou supérflua qualquer explicação e mudou aos poucos nossas relações. Revelou-se antes da vindima. Voltamos para a cidade, você teve um abortamento e precisou ficar acamada durante várias semanas. Na primavera, estava grávida de novo. Precisava ser muito poupada. Então começaram aqueles anos de gestações, intercorrências, partos, que me ensejaram mais pretextos que os necessários para me afastar de você. Afundei numa vida de secretos desregramentos, secretíssimos, pois começava a atuar nos tribunais, estava "cuidando de meus negócios", como dizia minha mãe, e para mim era questão de preservar a reputação. Eu tinha minhas horas, meus hábitos. A vida numa cidade de interior desenvolve, no dissoluto, o instinto ardiloso do animal caçado. Fique tranquila, Isa, eu a pouparei de tudo o que lhe causa horror. Não receie ter de ouvir nenhuma descrição do inferno a que eu descia quase todo dia. Foi você que me lançou nele, você, que dele me havia tirado.

Mesmo que eu tivesse sido menos cuidadoso, você não teria percebido nada. A partir do nascimento de Hubert, veio à tona a sua verdadeira natureza: você era mãe, apenas mãe. Suas atenções desviaram-se de mim. Você deixou de me ver; de fato, literalmente, só tinha olhos para as crianças. Fecundando-a, eu tinha cumprido aquilo que você esperava de mim.

Enquanto as crianças não passavam de larvas, e eu não me interessava por elas, não houve por que nascerem conflitos entre nós. Só nos encontrávamos naqueles gestos rituais em que os corpos agem por hábito, em que um homem e uma mulher estão a mil léguas de sua própria carne.

Você só começou a perceber que eu existia quando também passei a girar em torno daquelas crianças. Você só começou a me odiar quando aleguei ter direitos sobre elas. Pode alegrar-se com a confissão que agora ouso fazer: o que me levava a isso não era o instinto paterno. Muito cedo, fiquei com ciúme da paixão que elas despertavam em você. Sim, tentei arrebatá-las para puni-la. Eu me atribuía razões elevadas, justificava-me com a exigência do dever. Não queria que uma carola deturpasse a mente de meus filhos. Tais eram as vãs razões com que me consolava. Era exatamente disso que se tratava!

Será que algum dia vou sair desta história? Comecei-a por você; e já está parecendo improvável que você consiga me acompanhar por mais tempo. No fundo, é para mim mesmo que escrevo. Velho advogado, estou pondo em ordem meu processo, arquivando os autos de minha vida, desta causa perdida. Os sinos... Amanhã, Páscoa. Descerei em honra a esse santo dia, prometi. "As crianças se queixam de não te ver", dizia você hoje pela manhã. Nossa filha Geneviève estava com você, em pé junto à minha cama. Você saiu, para deixá-la sozinha comigo: ela queria me pedir alguma coisa. Eu tinha ouvido os cochichos das duas no corredor: "É melhor você falar primeiro", dizia você a Geneviève...

Trata-se do genro dela, claro, de Phili, aquele cafajeste. Eu tive a capacidade de desviar a conversa, para impedir que o pedido fosse feito! Geneviève saiu sem conseguir me dizer nada. Eu sei o que ela quer. Ouvi tudo, no outro dia: quando a janela da sala de estar está aberta, abaixo da minha, só preciso me debruçar um pouco. Trata-se de emprestar o capital de que Phili precisa para comprar uma participação numa corretora de ações. Um investimento como outro qualquer, claro... Como se eu não tivesse visto a crise chegar, como se agora não fosse preciso guardar o dinheiro a sete chaves... Se eles soubessem tudo o que converti em dinheiro no mês passado, quando farejei a queda...

Todos saíram para as vésperas. A Páscoa esvaziou a casa, os campos. Eu fico só, qual velho Faust apartado da alegria do mundo pela atroz velhice. Eles não sabem o que é velhice. Durante o almoço, estavam todos atentos a recolher de meus lábios o que deles saía sobre a Bolsa, os negócios. Eu falava principalmente para Hubert, para que ele se detenha se ainda der tempo. Com que ansiedade ele me ouvia... Aí está alguém que não esconde o jogo! Ele deixava vazio o prato e você o enchia, com aquela obstinação das pobres mães que veem o filho devorado por uma preocupação e o fazem comer à força, como se aquilo fosse um ganho, como se fosse uma aquisição! E ele era grosseiro com você, como eu era grosseiro com minha mãe.

E a solicitude do jovem Phili para encher meu copo! E o falso interesse da mulher dele, a pequena Janine: "Vovô, é um erro fumar. Mesmo um único cigarro já é demais. Tem certeza de que não há engano, de que é mesmo café descafeinado?" Ela representa mal, coitadinha, soa falso. A voz dela, a emissão da voz a denuncia. Você também, na juventude, era afetada. Mas, a partir da primeira gravidez, voltou ao seu natural. Janine, ao contrário, até morrer vai ser uma senhora por dentro das coisas, alguém que repete o que ouviu dizer e lhe pareceu distinto, que copia opiniões sobre todas as coisas e não entende nada de nada. Como é que Phili, tão natureza, um verdadeiro cão, suporta viver com aquela idiotazinha? Mas, não, tudo é falso nela, exceto sua paixão. Ela só representa mal porque nada tem importância a seus olhos, nada existe senão seu amor.

Depois do almoço, estávamos todos sentados no alpendre. Janine e Phili olhavam para a mãe,

Geneviève, com ar suplicante; ela, por sua vez, voltava-se para você, que lhe fez um sinal imperceptível de negação. Então Geneviève levantou-se e me perguntou:

— Papai, quer dar uma voltinha comigo?

Quanto medo todos têm de mim! Fiquei com pena dela; embora de início tivesse decidido não sair dali, levantei-me, tomei-lhe o braço. Fizemos a volta do prado. A família nos observava do alpendre. Ela entrou sem rodeios no assunto:

— Gostaria de lhe falar de Phili.

Tremia. É horrível inspirar medo aos filhos. Mas você acha que, aos 68 anos, temos a liberdade de escolher não ostentar um ar implacável? Nessa idade, a expressão da fisionomia não mudará mais. E a alma fica desalentada quando não pode exprimir-se exteriormente... Geneviève soltava com pressa aquilo que havia preparado. Trata-se mesmo da participação na corretora de ações. Ela insistiu no ponto que com mais certeza podia me indispor: segundo ela, a inatividade de Phili comprometia o futuro do casamento. Phili começava a se desviar do bom caminho. Eu respondi que, para um rapaz como o genro dela, a tal "participação na corretora de ações" só serviria para lhe oferecer álibis. Ela o defendeu. Todos gostam desse Phili. "Não cabia ser mais severo do que Janine para com ele..." Protestei, dizendo que não o julgava nem condenava. Que a vida amorosa daquele senhor não me interessava absolutamente.

— Por acaso ele se interessa por mim? Por que eu me interessaria por ele?

— Ele tem muita admiração por você...

Essa mentira impudente me serviu para externar o que eu vinha guardando:

— Minha filha, nem por isso o seu querido Phili deixa de me chamar de "crocodilo velho". Não negue, eu o ouvi dizer isso pelas costas, muitas vezes... Não vou desmenti-lo: crocodilo sou, crocodilo continuarei sendo. Não há o que esperar de um crocodilo velho, nada, senão que ele morra. E, mesmo morto – tive a imprudência de acrescentar –, mesmo morto, ele ainda pode fazer das suas. – (Como me arrependo de ter dito isso, de lhe ter posto a pulga atrás da orelha!)

Geneviève estava consternada, protestava, imaginando que eu atribuía importância à injúria daquele apelido. Odiosa, para mim, é a juventude de Phili. Como ela imaginaria o que representa, aos olhos de um velho odiado e desesperado, aquele rapaz triunfante, que desde a adolescência foi empanzinado com aquilo que não terei saboreado uma única vez em meio século de vida? Detesto, odeio os jovens. Esse, mais que qualquer outro. Tal como um gato entra silenciosamente pela janela, ele penetrou com passos de veludo em minha casa, atraído pelo cheiro. Minha neta não carregava nenhum grande dote, mas, em compensação, magníficas "expectativas". As expectativas de nossos filhos! Para concretizá-las, precisam passar sobre nosso cadáver.

Enquanto Geneviève fungava e enxugava os olhos, eu lhe disse em tom insinuante:

— Mas, afinal, você tem um marido, um marido que negocia rum. É só o grande Alfred arranjar uma colocação para o genro. Por que eu seria mais generoso do que vocês?

Ela mudou de tom para falar do pobre Alfred: que desdém! Que asco! Segundo ela, ele era um medroso que estava reduzindo os negócios a cada dia. Naquela empresa, outrora tão grande, hoje já não havia espaço para duas pessoas.

Eu a felicitei por ter um marido dessa espécie: quando a tempestade se aproxima, é bom recolher as velas. O futuro era daqueles que, como Alfred, enxergavam pequeno. Hoje, a falta de envergadura é a primeira qualidade nos negócios. Ela achou que eu estava brincando, embora esse seja meu pensamento profundo, visto que mantenho meu dinheiro sob sete chaves e não correria o risco nem de colocá-lo na caixa econômica.

Voltamos para a casa. Geneviève não ousava dizer mais nada. Eu já não me apoiava em seu braço. A família, sentada em roda, olhava-nos chegar e provavelmente já interpretava os sinais nefastos. Estava claro que nosso retorno interrompia uma discussão entre a família de Hubert e a de Geneviève. Ah! Que bela batalha em torno de meu pecúlio, se porventura eu consentisse em abrir mão dele! Só Phili estava em pé. O vento agitava seus cabelos rebeldes. Usava camisa aberta, de mangas curtas. Abomino esses rapazes de agora, meninas atléticas. Seu rosto de criança corou quando, à tola pergunta de Janine – "E aí! Conversaram bastante?" –, eu respondi baixinho: "Falamos de um crocodilo velho…"

Repito que não é por essa injúria que o odeio. Eles não sabem o que é a velhice. Vocês não podem imaginar esse suplício: não ter recebido nada da vida e não esperar nada da morte. Não haver nada para além do mundo, não existir explicação, nunca nos ser dada a chave do enigma… Mas você não sofreu o que eu sofri, não sofrerá o que eu sofro. Os filhos não esperam sua morte. Eles a amam à sua maneira; têm carinho por você. Imediatamente ficaram do seu lado. Eu os amava. Lembro-me de Geneviève, essa mulher gorda de quarenta anos, que, há pouco, tentava me extorquir quatrocentas notas de mil para o seu genro cafajeste, como uma menininha sentada no meu colo. Assim que a via em meus braços, você a chamava... Mas nunca chegarei ao fim desta confissão se continuar misturando assim presente e passado. Vou me esforçar por organizá-la um pouco.

VI

MINHA IMPRESSÃO É de que não senti ódio por você já no ano seguinte à noite desastrosa. Meu ódio nasceu aos poucos, à medida que me dava mais conta de sua indiferença em relação a mim e percebia que, para você, nada mais existia além daquelas criaturas choronas, gritonas e famintas. Você nem sequer via que eu, com menos de trinta anos, tinha me tornado um advogado cível concorrido e saudado já como um jovem talento neste tribunal, o mais ilustre da França depois do de Paris. A partir do caso Villenave (1893), também me revelei como um grande advogado criminalista (é raríssimo destacar-se nas duas áreas), e você foi a única a não se dar conta da repercussão universal de minha carreira advocatícia. Aquele foi também o ano em que nosso desentendimento se transformou em guerra aberta.

Aquele famoso caso Villenave, embora tenha consagrado meu triunfo, também apertou o garrote que me sufocava: se ainda me restava alguma esperança, ele me trouxe a prova de que eu não existia para você.

O casal Villenave – você se lembra da história deles? –, depois de vinte anos de casados, amavam-se com um amor que tinha se tornado proverbial. Dizia-se "unidos como os Villenave". Viviam com um filho único, de uns 15 anos, no castelo de Ornon, nas portas da cidade, recebiam poucas visitas, bastavam-se mutuamente: "Um amor como só se vê nos livros", dizia sua mãe, numa daquelas frases prontas cujo segredo foi herdado pela neta Geneviève. Posso jurar que você esqueceu tudo daquele drama. Se lhe contar, você vai rir de mim, como quando eu lembrava, à mesa, meus exames e concursos... mas, paciência! Certa manhã, o criado que cuidava dos aposentos de baixo, ouve, no primeiro andar, um tiro e um grito de angústia; sobe correndo; o quarto dos patrões está trancado. Percebe vozes baixas, um bulício abafado, passos apressados no banheiro. Ao cabo de alguns instantes, como ele continuasse agitando o trinco, a porta se abriu.

Villenave estava deitado na cama, em mangas de camisa, ensanguentado. A sra. de Villenave, despenteada, vestida de roupão, estava em pé ao lado da cama, com um revólver na mão. Ela disse: "Eu feri o sr. de Villenave, chame um médico depressa, o cirurgião e o comissário de polícia. Não vou sair daqui." A única confissão que se obteve dela foi: "Feri meu marido", o que foi confirmado pelo sr. de Villenave, quando esteve em condições de falar. Ele mesmo se recusou a dar qualquer outra informação.

A ré não quis constituir advogado. Sendo genro de um amigo deles, fui nomeado de ofício para defendê-la, mas, em minhas visitas diárias à prisão, não arranquei nada daquela mulher obstinada. Pela cidade, corriam as histórias mais absurdas a respeito dela; quanto a mim, desde o primeiro dia, não duvidei de sua inocência: ela assumia a culpa, e o marido, que a amava, aceitava que ela se incriminasse. Ah! O faro dos homens que não são amados para descobrir a paixão nos outros! O amor conjugal dominava inteiramente aquela mulher. Ela não havia atirado no marido. Teria tentado protegê-lo com seu próprio corpo contra algum apaixonado rejeitado? Ninguém tinha entrado na casa desde o dia anterior. Não havia nenhum frequentador habitual da residência... Enfim, de qualquer modo, não vou lhe relatar essa velha história.

Até a manhã do dia da audiência, eu estava decidido a me limitar a uma atitude negativa e mostrar apenas que a sra. de Villenave não podia ter cometido o crime do qual ela mesma se acusava. Foi, no último minuto, o depoimento do jovem Yves, seu filho, ou melhor (pois esse depoimento foi insignificante e não esclareceu nada), foi o olhar suplicante e imperioso da mãe para o filho, até que ele deixasse o assento das testemunhas, e a espécie de alívio manifestado por ela então, foi isso que, de repente, rasgou o véu: denunciei o filho, adolescente doente, que tinha ciúme do pai demasiadamente amado. Lancei-me, com uma lógica apaixonada, àquela improvisação hoje famosa, em que o professor F. – segundo ele mesmo confessa – encontrou o embrião essencial de seu sistema, que renovou a psicologia da adolescência e a terapêutica de suas neuroses.

Se trago de volta essa lembrança, querida Isa, não é por ceder à esperança de despertar, quarenta anos depois, uma admiração que você não sentiu no momento de minha vitória, quando os jornais do mundo publicaram meu retrato. Mas, naquela hora solene de minha carreira, ao mesmo tempo que sua indiferença me mostrava a dimensão de meu abandono e de minha solidão, eu tive durante semanas, diante dos olhos, entre as quatro paredes de uma cela, aquela mulher que se sacrificava, não tanto para salvar o próprio filho, quanto para salvar o filho de seu marido, o herdeiro de seu nome. Era ele, a vítima, que suplicara: "Assuma a culpa..." Ela levara o amor a esse extremo de fazer o mundo acreditar que era uma criminosa, que era a assassina do homem que ela amava acima de tudo. Ela fora impelida pelo amor conjugal, e não pelo amor materno... (E a sequência dos fatos provou isso: ela se afastou do filho e, com diversos pretextos, sempre viveu longe dele.) Eu poderia ter sido um homem amado como Villenave. Também estive com ele muitas vezes durante o processo. O que tinha ele mais que eu? Bem bonito, distinto, sem dúvida, mas não devia ser muito inteligente. Prova disso foi sua atitude hostil para comigo, depois do julgamento. Eu, porém, era dono de uma espécie de gênio. Se, naquele momento, eu tivesse uma mulher que me amasse, até que alturas teria galgado? Ninguém pode, sozinho, ter fé em si mesmo. Precisamos ter um testemunho de nossa força: alguém que demonstre admiração, que registre nossos sucessos, que nos coroe no dia da recompensa — tal como outrora, na distribuição dos prêmios escolares, carregado de livros, meu olhar buscava minha mãe no meio da multidão e, ao som de uma música militar, ela depositava louros de ouro em minha cabeça recém-raspada.

Na época do caso Villenave, ela começou a declinar. Só fui percebendo aos poucos: o interesse dela por um cãozinho preto, que latia furiosamente quando eu me aproximava, foi o primeiro sinal da decadência. A cada visita quase só se falava do animal. Ela já não dava ouvidos ao que eu dizia sobre mim.

Aliás, minha mãe não poderia ter substituído o amor que teria me salvado, naquele momento decisivo de minha existência. Seu vício, o do amor excessivo ao dinheiro, me fora legado por ela; eu tinha essa paixão no sangue. Ela teria feito todos os esforços para me manter numa profissão na qual, como dizia, "eu ganhava grosso". Quando as letras me atraíam e eu era solicitado pelos jornais e por todas as grandes revistas, quando, nas eleições, os partidos de esquerda me ofereciam uma candidatura em La Bastide (aquele que a aceitou em meu lugar foi eleito sem dificuldade), eu resisti à minha ambição porque não queria renunciar a "ganhar grosso".

Era também o que você queria, e tinha deixado claro que nunca sairia da província. Uma mulher que me amasse teria acarinhado minha glória. Teria dito que a arte de viver consiste em sacrificar uma paixão baixa por uma paixão mais elevada. Os jornalistas imbecis, que fingem indignação porque algum advogado tira proveito do fato de ser deputado ou ministro para auferir alguns pequenos ganhos, agiriam melhor se admirassem a conduta daqueles que souberam impor uma hierarquia inteligente às suas paixões e preferiram a glória política aos negócios mais lucrativos. A tara de que você me teria curado, se tivesse me amado, seria a de não pôr nada acima do ganho imediato, de ser incapaz de largar a presa pequena e medíocre dos honorários pela sombra do poder, pois não há sombra sem realidade; a sombra é uma realidade. Mas, que nada! Meu único consolo era "ganhar grosso", tal como o merceeiro da esquina.

Eis o que me resta: o que ganhei, ao longo daqueles anos terríveis, o dinheiro do qual vocês, insanamente, querem que eu me desfaça. Ah! Para mim, é insuportável a simples ideia de vocês desfrutarem dele após minha morte. Disse-lhe, no começo, que eu tinha disposto tudo de início para que não lhes restasse nada. Dei a entender que tinha desistido daquela vingança... Mas isso era desconhecer o movimento de maré do ódio em meu coração. E, quando ela vaza, eu me abrando... Depois ela sobe, e sua onda lodosa me cobre.

A partir de hoje, a partir deste dia de Páscoa, depois daquela ofensiva para me despojar e favorecer o queridinho Phili, quando revi, por inteiro, aquela matilha familiar sentada em roda diante da porta, espionando-me, fiquei obcecado pela visão da partilha, da partilha que os lançará uns contra os outros: pois vocês brigarão como cães em torno de minhas terras, de minhas ações. As terras lhes pertencerão, mas as ações já não existirão. Aquelas de que eu falava na primeira página desta carta foram vendidas na semana passada, na alta: a partir de então, elas têm baixado a cada dia. Todos os barcos naufragam quando os abandono; nunca me engano. Os milhões em capital líquido vocês também terão, terão se eu permitir. Há dias em que decido que vocês não encontrarão nem um cêntimo dele...

Ouço o tropel subindo a escada; vocês cochicham. Param; falam sem receio de que eu acorde (a ideia é de que sou surdo); vejo por baixo da porta a luminosidade de suas velas. Reconheço o falsete de Phili (parece até que ainda está mudando de voz) e, de repente, risos abafados, a risada cacarejante das mocinhas. Você os repreende; dirá: "Garanto que ele não está dormindo..." Aproxima-se de minha porta; escuta; olha pela fechadura: meu candeeiro me denuncia. Você volta à matilha; deve estar sussurrando: "Ainda está acordado, está ouvindo tudo..."

Eles se afastam pé ante pé. Os degraus da escada rangem; uma a uma, as portas se fecham. Na noite de Páscoa, a casa está cheia de casais. E eu poderia ser o tronco vivo desses ramos jovens. O pai em geral é amado. Você era minha inimiga, e meus filhos ficaram do lado do inimigo.

É a essa guerra que preciso voltar agora. Estou sem forças para escrever. No entanto, detesto ir para a cama, ficar deitado, mesmo quando o estado de meu coração o permite. Na minha idade, o sono chama a atenção da morte. Enquanto estou em pé, tenho a impressão de que ela não consegue chegar. O que temo dela? A angústia física, a angústia do último suspiro? Não. Acontece que ela é o que não existe, o que só pode ser traduzido pelo sinal —.

VII

ENQUANTO NOSSOS TRÊS filhos viveram no limbo da primeira infância, nossa inimizade permaneceu velada: o clima em casa era pesado. Sua indiferença para comigo, seu desapego de tudo o que dissesse respeito a mim impediam que você sofresse com a situação e até que a percebesse. Aliás, eu nunca estava presente. Almoçava sozinho às onze horas, para chegar ao Palácio de Justiça antes do meio-dia. Os negócios me absorviam por inteiro, e o pouco tempo de que eu poderia dispor em família, adivinhe como eu despendia. Por que aquela depravação medonhamente simples, desprovida de tudo o que, de hábito, lhe serve de desculpa, reduzida a seu puro horror, sem sombra de sentimento, sem a mínima aparência de ternura? Eu poderia facilmente ter o tipo de aventura que a sociedade admira. Como um advogado de minha idade evitaria certas provocações? Muitas mulheres jovens queriam provocar o homem por trás do homem de negócios... Mas eu tinha perdido a fé nas criaturas, ou melhor, em meu poder de agradar a qualquer uma delas. À primeira vista, eu percebia o interesse daquelas em quem eu sentia cumplicidade e apelo. A ideia preconcebida de que todas estão em busca de garantir uma posição me paralisava. Por que não confessar que à certeza trágica de ser alguém que ninguém ama se somava a desconfiança do rico que teme ser feito de bobo, que receia ser explorado? Quanto a você, eu lhe passava uma "mesada"; você me conhecia bem demais para não esperar nem um tostão além da quantia fixada. Ela era bem alentada, e você nunca a ultrapassava. Eu não sentia nenhuma ameaça nesse aspecto. Mas as outras mulheres! Eu era desses imbecis convencidos de que, de um lado, existem as apaixonadas desinteressadas e, de outro, as inescrupulosas que só visam o dinheiro. Como se, na maioria das mulheres, a inclinação amorosa não fosse inseparável da necessidade de ser sustentada, protegida, mimada! Aos 68 anos, relembro, com uma lucidez que em certas horas me faz gritar, tudo o que rejeitei, não por virtude, mas por desconfiança e mesquinhez. As poucas relações esboçadas acabavam logo, tanto porque meu espírito desconfiado interpretava mal alguma pergunta inocente quanto porque eu me tornava odioso pelas manias que você conhece muito bem: discussões em restaurantes ou com cocheiros por causa de gorjetas. Gosto de saber de antemão o que devo pagar. Gosto que tudo seja tabelado; ousaria confessar essa vergonha? O que eu apreciava na devassidão talvez fosse seu preço fixo. Mas, em tal homem, que vínculo poderia subsistir entre o desejo do coração e o prazer? Quanto aos desejos do coração, eu já não imaginava que pudessem ser satisfeitos; eu os abafava assim que nasciam. Tinha me tornado mestre na arte de destruir qualquer sentimento naquele exato minuto em que a vontade desempenha papel decisivo no amor, em que, à beira da paixão, ainda temos a liberdade de nos entregar ou de retroceder. Eu recorria ao mais simples, ao que se obtém por um preço convencionado. Detesto ser engambelado; mas o que devo, pago. Vocês acusam minha avareza; acontece, porém, que não tolero ter dívidas: pago tudo em moeda sonante; meus fornecedores sabem disso e me abençoam. Para mim, é insuportável a ideia de dever qualquer mínima quantia. Foi assim que entendi o "amor": dando, dando... Que horror!

Não! Estou acentuando demais essa característica e me deslustrando: amei, talvez tenha sido amado... Em 1909, quando minha juventude declinava. Por que silenciar sobre aquela aventura? Você a conheceu, soube lembrar-se dela no dia em que me pôs contra a parede.

Eu tinha salvado aquela professorinha na fase de instrução (ela era acusada de infanticídio). Primeiro ela se entregou por gratidão; mas depois... Sim, sim, conheci o amor naquele ano; foi minha insaciabilidade que pôs tudo a perder. Não me bastava mantê-la na penúria, quase na miséria; precisava que ela estivesse sempre à minha disposição, que não visse ninguém, que eu pudesse pegá-la, largá-la, reencontrá-la, ao sabor de meus caprichos e durante meus raros momentos disponíveis. Ela era minha propriedade. Meu gosto de possuir, usar, abusar, estende-se aos seres humanos. Deveria ter escravos. Uma única vez acreditei ter encontrado essa vítima na medida de minha exigência. Eu vigiava até seus olhares... Mas estava esquecendo minha promessa de não lhe falar sobre essas coisas. Ela foi embora para Paris, não aguentava mais.

"Se não se desse bem só conosco – repetia você –, mas todo mundo tem medo, foge de você,

Louis, e você sabe disso!" Sim, eu sabia… No Tribunal sempre fui um solitário. Adiaram ao máximo minha eleição para o Conselho da Ordem. Depois de todos os cretinos pelos quais me preteriram, eu não teria desejado a presidência. No fundo, será que alguma vez a almejei? Precisaria levar uma vida de aparato, dar recepções. São honrarias caras; é gastar muita vela para pouco defunto. Mas você queria, por causa dos filhos. Nunca quis nada por mim: "Aceite pelas crianças."

No ano seguinte ao nosso casamento, seu pai teve o primeiro ataque, e o castelo de Cenon se fechou para nós. Bem depressa você adotou Calèse. De mim você de fato só aceitou meu solo natal. Enraizou-se em minha terra sem que nossas raízes se encontrassem. Foi nesta casa, neste jardim, que seus filhos passaram todas as férias. Aqui morreu nossa pequena Marie; e, em vez de tal morte lhe causar horror, você atribui caráter sagrado ao quarto onde ela sofreu. Foi aqui que você incubou sua ninhada, tratou doenças, velou ao pé dos berços, andou às turras com babás e professoras. Era entre aquelas macieiras que os varais sustentavam os vestidinhos de Marie, toda a alvura daquelas roupas lavadas. Era nesta sala de estar que o padre Ardouin reunia as crianças em torno do piano e as punha a cantar corais que nem sempre eram cânticos, para evitar minha cólera.

Fumando na frente da casa, nas noites de verão, eu ouvia suas vozes puras, aquela ária de Lulli: *"Ah! que ces bois, ces rochers, ces fontaines..."* Calma felicidade da qual me sabia excluído, zona de pureza e de sonho que me era vedada. Amor tranquilo, onda serena que vinha morrer a alguns passos de meu rochedo.

Eu entrava na sala, e as vozes se calavam. Todas as conversas se interrompiam quando eu me aproximava. Geneviève afastava-se com um livro. Somente Marie não tinha medo de mim; eu a chamava e ela vinha; eu a prendia com força em meus braços, mas ela se aconchegava com gosto. Eu ouvia os batimentos de seu coração de passarinho. Assim que a largava, ela ia voando para o jardim... Marie!

Não demorou para que as crianças se preocupassem com minha ausência na missa, com minha costeleta na sexta-feira. Mas a luta entre nós dois, diante deles, só teve um pequeno número de explosões terríveis, e eu fui vencido na maioria das vezes. Depois de cada derrota, seguia-se uma guerra subterrânea. Calèse foi seu teatro, pois na cidade eu nunca estava em casa. Mas o recesso do Tribunal coincidia com as férias do colégio, e agosto e setembro nos reuniam aqui.

Lembro-me daquele dia em que batemos de frente (por causa de uma brincadeira que fiz diante de Geneviève, que recitava sua História Santa): reivindiquei o direito de defender a mente de meus filhos, e você me contrapôs o dever de proteger a alma deles. Eu tinha sido vencido, na primeira vez, ao aceitar que Hubert fosse entregue às mãos dos padres jesuítas, e as meninas, às das freiras do Sagrado Coração. Cedera ao prestígio que, para mim, continuavam tendo as tradições da família Fondaudège. Mas tinha sede de desforra; por isso, o que me importava, naquele dia, era tocar no único assunto que podia fazê-la perder as estribeiras, que a obrigava a largar o tom de indiferença e me dar atenção, mesmo que raivosa. Eu tinha, finalmente, atinado com um ponto de encontro. Enfim, eu a forçava a ir às vias de fato. Em outros tempos, a irreligião, para mim, tinha sido apenas um molde vazio, no qual eu vazava minhas humilhações de pequeno camponês enriquecido, desprezado pelos colegas burgueses; agora eu o enchia com minha decepção amorosa e com um rancor quase infinito.

A discussão recomeçou durante o almoço (eu lhe perguntei que prazer podia ter o Ser Eterno vendo você comer truta em vez de guisado de carne). Você saiu da mesa. Eu me lembro do olhar de nossos filhos. Fui ter com você no seu quarto. Seus olhos estavam secos; você falou com a maior calma. Compreendi, naquele dia, que sua atenção não se desviara de minha vida tanto quanto eu acreditara. Você havia se apossado de algumas cartas, coisa suficiente para obter uma separação. "Fiquei com você por causa das crianças. Mas, se sua presença for uma ameaça à alma delas, eu não vou hesitar."

Não, você não hesitaria em me deixar, em abandonar a mim e ao meu dinheiro. Por mais interesseira que fosse, não havia sacrifício a que você não se submetesse para que permanecesse intacto, nas crianças, o repositório do dogma, o conjunto de hábitos, de fórmulas – aquela loucura.

Eu ainda não tinha em mãos a carta cheia de injúrias que você me mandou depois da morte de Marie. Você era a mais forte. Minha posição, aliás, teria sido perigosamente abalada por um litígio judicial entre nós: naquela época, na província, a sociedade não brincava com esse assunto. Já corria o boato de que eu era maçom; minhas ideias me punham à margem da vida social; sem o prestígio de sua família, teriam me causado grande prejuízo. E, principalmente... em caso de separação, seria preciso devolver as ações do Canal de Suez de seu dote. Eu tinha me acostumado a considerar tais valores como meus. A ideia de ter de renunciar a elas me parecia horrível (sem contar com a renda que recebíamos de seu pai...).

Saí de fininho e me submeti a todas as suas exigências, mas decidi dedicar meu tempo livre à conquista dos filhos. Essa resolução data do início de agosto de 1896; aqueles verões tristes e ardentes de outrora se confundem em minha mente, e as lembranças que lhe trago à memória aqui cobrem um período de cerca de cinco anos (1895–1900).

Eu não achava que seria difícil recuperar a autoridade sobre aquelas crianças. Contava com o prestígio de pai de família, com a minha inteligência. Um garoto de dez anos, duas meninas: seria brincadeira atraí-los, achava eu. Lembro-me do espanto e da apreensão deles no dia em que os convidei a fazer um belo passeio com papai. Você estava sentada no quintal, debaixo da tília; eles a interrogaram com o olhar.

— Meus amores, vocês não têm de me pedir permissão.

Partimos. Como falar com as crianças? Eu, acostumado a enfrentar o Ministério Público ou o defensor do acusado, quando representante da parte civil, acostumado a enfrentar toda uma sala hostil, temido pelo juiz da corte criminal, eu me sinto intimidado pelas crianças, por elas e também pelas pessoas do povo, até pelos camponeses de que sou filho. Diante delas fico sem chão, balbucio.

Os pequenos eram gentis comigo, mas na defensiva. Você havia ocupado de antemão aqueles três corações, controlava suas entradas. Impossível o ingresso sem a sua permissão. Apesar de escrupulosa demais para me diminuir aos olhos deles, você não omitira que era preciso rezar muito pelo "pobre papai". Fosse lá o que eu fizesse, estava marcado o meu lugar no sistema de mundo deles: eu era o pobre papai pelo qual se devia rezar muito para obter sua conversão. Tudo o que eu pudesse dizer ou insinuar sobre a religião reforçava a imagem ingênua que eles faziam de mim.

Eles viviam num mundo maravilhoso, demarcado por festas piedosamente celebradas. Você conseguia tudo deles, falando da Primeira Comunhão que acabavam de fazer ou para a qual estavam se preparando. Quando cantavam, à noite, no alpendre de Calèse, nem sempre o que eu precisava ouvir eram árias de Lulli, e sim cânticos. Eu via de longe o grupo indefinido e, quando havia luar, distinguia três rostinhos elevados. Meus passos no cascalho interrompiam o cantar.

Todo domingo, o bulício da ida à missa me despertava. Você sempre tinha medo de perder a hora. Os cavalos bufavam. Chamava-se a cozinheira que estava atrasada. Uma das crianças tinha esquecido o missal. Uma voz aguda gritava: "Que domingo que é depois de Pentecostes?"

Na volta, vinham me beijar e me encontravam ainda na cama. Marie, que devia ter feito em minha intenção todas as preces que aprendera, olhava-me atenta, provavelmente na esperança de verificar alguma ligeira melhora de meu estado espiritual.

Era a única que não me irritava. Enquanto os dois mais velhos já se acomodavam nas crenças que você praticava, com o instinto burguês do conforto que, mais tarde, os levaria a desfazer-se de todas as virtudes heroicas, de toda a sublime loucura cristã, em Marie, ao contrário, havia um fervor tocante, uma brandura de coração para com os criados, os meeiros, os pobres. Diziam sobre ela: "Daria tudo o que tem; o dinheiro escorre pelos seus dedos. É lindo, mas é bom ficar de olho…" Dizia-se também: "Ninguém resiste a ela, nem mesmo o pai." Ela vinha espontaneamente sentar-se em meu colo, à noite. Uma vez, adormeceu encostada ao meu ombro. Os cachos de seus cabelos faziam cócegas na minha bochecha. A imobilidade me incomodava, e eu tinha vontade de fumar. Mesmo assim, não me mexia. Quando a babá veio buscá-la às nove horas, eu a levei até o quarto, e todos vocês me olhavam com espanto, como se eu fosse aquela fera que lambia os pés das crianças mártires. Poucos dias depois, na manhã de 14 de agosto, Marie me disse (você sabe como são as crianças):

— Promete fazer o que eu vou pedir? Prometa primeiro, depois eu digo…

Ela me lembrou de que, no dia seguinte, você cantaria na missa das onze, e que seria gentil de minha parte ir ouvir.

— Prometeu! Prometeu! – repetia ela me beijando. – Deu a palavra!

Ela entendeu como concordância o beijo que lhe retribuí. Toda a casa estava a par. Eu me sentia observado. Iria à missa no dia seguinte aquele grande senhor que nunca punha os pés na igreja! Era um acontecimento de imensa importância.

À noite, sentei-me à mesa num estado de irritação que não consegui disfarçar por muito tempo. Hubert lhe pediu não sei que informação a respeito de Dreyfus. Lembro-me de ter me enfurecido com o que você respondeu. Saí da mesa e não voltei. Aprontei a mala e, na manhãzinha de 15 de agosto, tomei o trem das seis horas e passei um dia terrível numa Bordeaux sufocante e deserta.

Estranho é que, depois disso, vocês tenham me visto de novo em Calèse. Por que sempre passei as férias com vocês, em vez de viajar? Eu poderia imaginar sublimes razões. Na verdade, para mim, a questão era não ter gasto duplo. Nunca achei possível viajar e gastar tanto dinheiro sem ter, antes, esvaziado a despensa e fechado a casa. Eu não sentiria nenhum prazer em percorrer as estradas, sabendo que deixava para trás a casa em pleno funcionamento. Por isso, acabava voltando ao cocho comum. Uma vez que meu rancho estava servido em Calèse, como é que eu iria comer em outro lugar? Esse era o espírito de economia que minha mãe me legara e eu transformava em virtude.

Portanto, voltei, mas num estado de rancor contra o qual nem Marie tinha poder. E inaugurei nova tática contra você. Em vez de atacar de frente suas crenças, obstinei-me a mostrar, nas mínimas circunstâncias, suas contradições em relação à sua própria fé. Minha pobre Isa, por melhor cristã que você fosse, confesse que eu a punha em maus lençóis. Que caridade é sinônimo de amor, eis algo que você havia esquecido, se é que alguma vez soube. Com esse nome, você englobava certo número de deveres para com os pobres que eram cumpridos com esmero, em vista da eternidade de sua alma. Reconheço que você mudou muito nesse aspecto: agora cuida de cancerosos, é verdade! Mas, naquela época, socorridos os pobres – seus pobres –, você só via nisso motivo para ficar à vontade e fazer cobranças às criaturas que viviam sob sua dependência. Você não transigia sobre o dever das donas de casa, que consiste em obter o máximo de trabalho pelo menor pagamento possível. Aquela velha miserável que passava de manhã com seu carrinho de verduras, a quem você teria feito caridade com largueza se ela pedisse esmolas, não lhe vendia uma alface sequer sem que você achasse que era uma questão de honra arrancar alguns vinténs dos magros ganhos da mulher.

As mais tímidas solicitações de aumento de salário por parte dos criados e dos trabalhadores provocavam em você espanto, de início, depois uma indignação tão veemente que lhe dava força e sempre lhe garantia a última palavra. Você tinha uma espécie de talento para demonstrar àquelas pessoas que elas não precisavam de nada. De seus lábios saía uma enumeração infinita das vantagens de que elas gozavam: "Vocês têm moradia, um barril de vinho, metade de um porco que alimentam com as minhas batatas, uma horta para plantar verduras." Os pobres coitados nem imaginavam que eram tão ricos. Você garantia que sua camareira poderia pôr na caixa econômica todos os quarenta francos que recebia por mês: "Ela fica com todos os meus vestidos velhos, todos os meus saiotes, todos os meus sapatos. Para que precisaria de dinheiro? Ela o usaria para dar presentes à família..."

Aliás, você cuidava deles com dedicação quando ficavam doentes; não os abandonava nunca; e reconheço que, em geral, era sempre estimada e muitas vezes até amada por aquelas pessoas que desprezam os patrões fracos. Em todas essas questões, você professava as ideias de seu meio e de sua época. Mas nunca admitiu que o Evangelho as condena: "Veja só", dizia eu, "sempre achei que Cristo tinha dito..." Você travava na hora, desconcertada, furiosa por causa das crianças. Sempre acabava caindo na armadilha: "Não se deve tomar ao pé da letra...", balbuciava. Então eu ganhava a parada facilmente e a esmagava com exemplos para provar que a santidade consiste justamente em seguir o Evangelho ao pé da letra. Se você tivesse a ideia infeliz de revidar, dizendo que não era santa, eu citava o preceito: "Sede perfeitos como é perfeito vosso pai que está no céu."

Admita, minha pobre Isa, que lhe fiz bem à minha maneira e que, se hoje você cuida de cancerosos, isso eles me devem em parte! Naquela época, você era totalmente absorvida pelo amor aos filhos; eles devoravam suas reservas de bondade, de sacrifício. Impediam-na de enxergar as outras pessoas. Não era só de mim que eles a haviam afastado, mas do restante do mundo. Até com Deus você não conseguia falar de outra coisa que não fosse da saúde e do futuro deles. Era aí que eu tinha os melhores meios de ataque. Perguntava se, do ponto de vista cristão, não cabia desejar para eles todas as provações, pobreza, doença. Você cortava a conversa: "Não vou mais responder, você está falando de coisas que não conhece..."

Mas, para seu azar, estava aqui o preceptor das crianças, um seminarista de 23 anos, o padre Ardouin, cujo apoio eu invocava sem piedade, deixando-o muito embaraçado, pois só pedia sua intervenção quando estava certo de ter razão, e, naquele tipo de debate, ele era incapaz de deixar de expor todo o seu pensamento. À medida que o caso Dreyfus avançava, eu encontrava nele mil questões para pôr o pobre padre contra você: "Desorganizar o exército por causa de um judeu miserável..." dizia você. Só essa afirmação provocava minha fingida indignação, e eu não descansava enquanto não obrigasse o padre Ardouin a confessar que um cristão não pode aprovar a condenação de um inocente, nem que seja pela salvação do país.

Aliás, eu não tentava convencer você e as crianças, que só conheciam o Caso pelas caricaturas dos grandes jornais. Vocês formavam um bloco impenetrável. Mesmo quando eu parecia ter razão, não duvidavam de que eu estivesse me valendo de algum ardil. Chegaram ao ponto de silenciar diante de mim. Bastava que eu me aproximasse – como acontece ainda hoje –, para que as discussões parassem de repente; mas às vezes não sabiam que eu estava escondido atrás de uma moita e de repente me metia na conversa antes que vocês pudessem bater em retirada, e então eram obrigados a aceitar o combate.

— É um santo rapaz – dizia você sobre o padre Ardouin. – Uma verdadeira criança que não acredita no mal. Meu marido brinca com ele como o gato com o rato; por isso o suporta, apesar de ter horror a batinas.

Na verdade, eu tinha consentido de início na presença de um preceptor eclesiástico porque nenhum civil aceitaria 150 francos pelas férias inteiras. Nos primeiros dias, acreditei que aquele rapagão moreno e míope, paralisado pela timidez, fosse um ser insignificante, e não lhe dava mais atenção do que a um móvel qualquer. Ele punha as crianças a estudar, levava-as passear, comia pouco e não abria a boca. Subia para seu quarto depois de engolir o último bocado. Às vezes, quando a casa estava vazia, ele se sentava ao piano. Eu não entendo nada de música, mas, como você dizia: "Era prazeroso."

Decerto não lhe fugiu da memória um incidente de que você nunca duvidou ter servido para criar uma corrente secreta de simpatia entre mim e o padre Ardouin. Um dia, as crianças avisaram que o pároco vinha chegando. Como era meu costume, fugi para os lados das vinhas. Mas Hubert veio me procurar a mando seu: o pároco tinha um comunicado urgente para me fazer. Resmungando, retomei o caminho da casa, pois aquele velho baixinho realmente me assustava. Disse-me ele que tinha vindo por desencargo de consciência. Havia recomendado o padre Ardouin como excelente seminarista cujo subdiaconato havia sido adiado por motivo de saúde. Ocorre que ele acabava de saber, durante o recesso eclesiástico, que aquele adiamento devia ser atribuído a uma medida disciplinar. O padre Ardouin, apesar de muito devoto, era louco por música e, instigado por um colega, tinha saído à noite para assistir, no Grand Théâtre, a uma récita de caridade. Embora estivessem em vestes seculares, foram reconhecidos e denunciados. O cúmulo do escândalo foi que a intérprete de *Thaïs*, Georgette Lebrun, figurava no programa; diante de seus pés descalços, de sua túnica grega presa sob os braços por um cinto de prata ("e era só isso, diziam, nem sequer umas minúsculas alças!"), ouviu-se um "oh!" de indignação. No camarote da Union, um senhor de certa idade exclamou: "Essa também já foi demais... onde vamos parar?" Foi isso o que viram o padre

Ardouin e seu colega! Um dos delinquentes foi expulso na hora. Este aqui tinha sido perdoado: era um sujeito excepcional; mas seus superiores atrasaram em dois anos seu subdiaconato.

Fomos unânimes em afirmar que o padre contava com toda a nossa confiança. Mas nem por isso o pároco deixou de demonstrar grande insensibilidade em relação ao seminarista que, dizia ele, o enganara. Você se lembra desse incidente, mas o que sempre ignorou foi que naquela noite, enquanto eu fumava no terraço, vi caminhar em minha direção, sob o luar, a silhueta escura e magra do culpado. Ele me abordou acanhado e pediu desculpas por ter entrado em minha casa sem me avisar de sua indignidade. Quando lhe garanti que aquela sua escapada, ao contrário, o tornava simpático a meus olhos, ele protestou com súbita firmeza e passou a se incriminar. Eu não podia, dizia ele, imaginar o tamanho de sua culpa: ele havia pecado ao mesmo tempo contra a obediência, contra sua vocação, contra os costumes. Tinha cometido o pecado do escândalo; toda a sua vida não bastaria para reparar o que ele fizera… Ainda vejo aquela longa espinha dorsal encurvada, sua sombra, sob o luar, dividida em duas pelo parapeito do terraço.

Por mais prevenção que eu tivesse contra as pessoas de sua espécie, vendo tanta vergonha e dor não podia desconfiar de nenhuma hipocrisia. Pediu desculpas por ter deixado de nos relatar o fato, diante da necessidade em que se veria de viver dois meses à custa da mãe, viúva paupérrima que fazia faxina em Libourne. Quando lhe respondi que, na minha opinião, nada o obrigava a nos avisar de um incidente que dizia respeito à disciplina do seminário, ele tomou minha mão e disse as seguintes palavras surpreendentes, que eu ouvia pela primeira vez na vida, causando-me uma espécie de estupor:

— O senhor é muito bondoso.

Você conhece a minha risada, aquela risada que, mesmo no começo de nossa vida em comum, lhe dava nos nervos: tão pouco comunicativa, que, na minha juventude, tinha o poder de destruir toda a alegria ao meu redor. Eu me torcia de rir naquela noite diante daquele seminarista estupefato. Até que, por fim, consegui falar:

— Padre, o senhor não imagina até que ponto o que está dizendo é engraçado. Pergunte a quem me conhece se eu sou bondoso. Pergunte à minha família, a meus confrades: a malvadeza é minha razão de ser.

Ele respondeu, embaraçado, que o verdadeiro malvado não fala de sua malvadeza.

— Pois eu o desafio – acrescentei – a encontrar em minha vida aquilo que o senhor chama de ato de bondade.

Ele citou, então, numa alusão à minha profissão, as palavras de Cristo: "Estive preso e fostes visitar-me..."

— Eu ganho para isso, padre. Ajo por interesse profissional. Até pouco tempo atrás, eu pagava os carcereiros para que, no momento certo, eles sugerissem meu nome aos acusados... portanto, como está vendo!

Já não me lembro de sua resposta. Estávamos caminhando sob as tílias. Você teria ficado bem surpresa se eu lhe tivesse dito que encontrava alguma serenidade na presença daquele homem de batina! No entanto, era verdade.

Muitas vezes eu me levantava com o sol e descia para respirar o ar frio do amanhecer. Olhava o padre sair para a missa, com passos rápidos, tão absorto que às vezes passava a poucos metros de mim e não me via. Era na época em que você ficava consternada com as minhas zombarias, quando eu me obstinava em mostrar suas contradições com seus próprios princípios... Nem por isso eu deixava de ter a consciência tranquila: toda vez que eu a apanhava em flagrante delito de avareza ou insensibilidade, fingia acreditar que não restava nenhum vestígio do espírito de Cristo em vocês, mas não ignorava que, sob meu teto, um homem vivia de acordo com esse espírito, e ninguém percebia.

VIII

NO ENTANTO, HOUVE uma circunstância em que não precisei fazer muito esforço para achá-la horrível. Em 1896 ou 1897, você deve se lembrar da data precisa, nosso cunhado, o barão Philipot, morreu. Sua irmã Marinette acordou certa manhã, falou com ele e não houve resposta. Ela abriu a janela, viu os olhos revirados do velho, a mandíbula caída, e não entendeu de imediato que tinha dormido várias horas ao lado de um cadáver.

Duvido que algum de vocês tenha sentido o horror do testamento daquele miserável: ele deixava uma fortuna enorme para a mulher desde que ela não se casasse de novo. Caso contrário, a maior parte deveria ser destinada a sobrinhos.

"Vamos precisar cercá-la de atenção", repetia sua mãe. "Felizmente somos uma família em que uns apoiam os outros. Essa menina não pode ficar sozinha."

Marinette tinha uns trinta anos na época, mas não se esqueça de sua aparência jovem. Ela concordara docilmente em se casar com um velho, tinha suportado sem revolta. Vocês não duvidavam de que ela devia se submeter com facilidade às obrigações da viuvez. Não davam a menor importância ao abalo da libertação, daquela repentina saída do túnel para a luz plena.

Não, Isa, não receie que abuso da vantagem que aqui me cabe. Era natural desejar que aqueles milhões permanecessem na família e que nossos filhos tirassem proveito deles. Vocês achavam que Marinette não devia perder o benefício daqueles dez anos de servidão a um marido velho. Agiam como bons pais. Nada lhes parecia mais natural que o celibato. Por acaso você se lembrava de ter sido jovem um dia? Não, era um capítulo encerrado; você era mãe, o resto não existia, nem para você, nem para os outros. Sua família nunca primou pela imaginação: nesse ponto, vocês não se punham no lugar dos animais nem das pessoas.

Ficou combinado que Marinette passaria em Calèse o primeiro verão seguinte à viuvez. Ela aceitou com alegria, não que houvesse muita intimidade entre vocês, mas ela gostava de nossos filhos, principalmente de Marie. Eu, que mal a conhecia, fui tocado de início por sua graça; apesar de um ano mais velha que você, parecia muito mais nova. Pesavam em você os filhos que carregara no ventre; ela, aparentemente, tinha saído incólume da cama daquele velho. Seu rosto era pueril. Penteava-se com um coque alto, de acordo com a moda de então, e seus cabelos, de um loiro escuro, afofavam-se na nuca. (Uma maravilha hoje esquecida: uma nuca afofada.) Seus olhos, um pouco redondos demais, davam-lhe um ar de espanto perene. Por brincadeira, eu circundava com as duas mãos "sua cintura de vespa"; mas o contorno do busto e das ancas hoje seria considerado quase monstruoso: as mulheres de então pareciam flores de estufa.

Surpreendia-me que Marinette fosse tão alegre. Ela divertia muito as crianças, brincava de esconde-esconde no sótão, organizava *tableaux vivants*. "Está um pouco estouvada demais, não se dá conta da situação", dizia você.

Era já excessivo ter consentido que ela usasse roupa branca durante a semana; mas você achava inconveniente que ela assistisse à missa sem véu e que seu casaco não fosse orlado de crepe. A você o calor não parecia desculpa.

A única diversão que ela tivera com o marido era a equitação. Até seu último dia, o barão Philipot, campeão em hipismo, quase nunca deixara de fazer seu passeio matinal a cavalo. Marinette mandou trazer sua égua a Calèse e, como ninguém podia acompanhá-la, montava sozinha, o que você achava duplamente escandaloso: uma viúva de três meses não deve praticar nenhum exercício, mas passear a cavalo sem guarda-costas era algo que ultrapassava todos os limites.

"Eu vou dizer a ela o que pensamos em família", repetia você. E dizia, mas ela só fazia o que lhe dava na cabeça. Por fim, cansada de discussões, pediu-me que lhe servisse de escolta. Ela se encarregaria de obter um cavalo manso para mim. (Naturalmente, arcaria com todos os gastos.)

Partíamos de manhãzinha, por causa das moscas e porque era preciso percorrer dois quilômetros a passo antes de atingirmos os primeiros pinheirais. Os cavalos nos esperavam diante da escada de entrada. Marinette mostrava a língua para a janela fechada do seu quarto, fincando na amazona uma rosa orvalhada e dizendo "não é coisa de viúva". O sino da primeira missa repicava. O padre Ardouin nos cumprimentava timidamente e desaparecia na bruma que pairava sobre as vinhas.

Até chegarmos aos bosques, conversávamos. Percebi que tinha algum prestígio aos olhos de minha cunhada, não tanto por minha situação no Palácio de Justiça quanto pelas ideias subversivas de que me fazia defensor em família. Os princípios que você defendia pareciam-se demais aos do marido dela. Para uma mulher, a religião, as ideias sempre representam alguém: tudo ganha rosto para ela – rosto adorável ou odiado.

Só dependeria de mim melhorar minha posição aos olhos daquela jovem revoltada. Mas, veja só! Enquanto ela se irritava com vocês, não me era difícil atingir seu diapasão, ao passo que me era impossível acompanhá-la no desdém que ela manifestava em relação aos milhões que perderia, caso contraísse novo matrimônio. Eu teria todo o interesse em repetir o que ela dizia e bancar o sujeito de sentimentos nobres; mas era impossível fingir, eu não conseguia nem fazer de conta que a aprovava quando ela não dava a menor importância à perda daquela herança. Caberá dizer tudo? Eu não conseguia rechaçar a hipótese de ela morrer, o que nos tornaria seus herdeiros. (Eu não pensava nas crianças, mas em mim.)

Não adiantava me preparar antes, decorar a lição, aquilo era maior que minha força de vontade: "Sete milhões! Marinette, não está falando sério, ninguém renuncia a sete milhões. Não existe homem no mundo que valha o sacrifício de uma parcela dessa fortuna!" E, como ela alegava pôr a felicidade acima de qualquer coisa, eu lhe garantia que ninguém poderia ser feliz depois de sacrificar semelhante quantia.

— Ah! – exclamava ela. – Por mais que os odeie, você pertence à mesma espécie.

Saía galopando, e eu a seguia de longe. Estava sendo julgado, estava perdido. De quanta coisa aquele gosto maníaco pelo dinheiro estaria me privando! Poderia ter encontrado uma irmã, uma amiga em Marinette... E vocês querem que eu sacrifique uma coisa pela qual sacrifiquei tudo? Não, não, meu dinheiro custou-me caro demais para que lhes entregue um único cêntimo dele antes do último suspiro.

No entanto, vocês não se cansam. Eu me pergunto se a mulher de Hubert, cuja visita aguentei domingo, veio a mando de vocês ou espontaneamente. Pobre Olympe! (Por que Phili a apelidou de Olympe? Até esquecemos seu nome verdadeiro...) Eu tenderia a acreditar que ela não lhes disse nada de sua iniciativa. Vocês não a adotaram, não é uma mulher da família. Essa pessoa indiferente a tudo o que não constitua seu universo estreito, a tudo o que não a afete diretamente, não conhece nenhuma das leis do clã; ignora que sou o inimigo. Não é benevolência ou simpatia natural por parte dela, pois nunca pensa nos outros, nem que seja para odiar. "Ele é sempre muito correto comigo", protesta Olympe quando meu nome é mencionado diante dela. Não sente minha aspereza. Como, por espírito de contradição, às vezes a defendo de vocês todos, ela está convencida de que me atrai.

Percorrendo suas frases confusas, decifrei que Hubert tinha contido os excessos a tempo, mas que todos os seus haveres pessoais e o dote da mulher estavam comprometidos na salvação da empresa. "Ele disse que de qualquer jeito vai recuperar o dinheiro, mas precisaria de um adiantamento... Ele chama de adiantamento sobre a herança..."

Eu balançava a cabeça, aprovava, fingia estar a mil léguas de entender o que ela queria. Como tenho cara de inocente nessas horas!

Se a pobre Olympe soubesse o que sacrifiquei pelo dinheiro quando ainda me restava um pouco de juventude! Naquelas manhãs de meus 35 anos, sua irmã e eu voltávamos em nossos cavalos a passo, pelo caminho já quente, por entre as vinhas sulfatadas. Com aquela jovem zombeteira, eu falava dos milhões que não deviam ser perdidos. Quando eu me esquivava da obsessão daqueles milhões ameaçados, ela ria de mim com uma gentileza desdenhosa. Querendo me defender, eu me enredava mais:

"É em seu interesse que insisto, Marinette. Acha que sou um homem obcecado pelo futuro dos filhos? Já Isa não quer que sua fortuna escape das mãos deles. Mas eu..."

Ela ria e, apertando um pouco os dentes, soltava: "É verdade que você é bem horroroso."

Eu protestava, dizendo que só pensava na felicidade dela. Ela balançava a cabeça, contrariada. No fundo, mesmo não admitindo, era a maternidade, mais que o casamento, que ela desejava.

Embora ela me desprezasse, quando, apesar do calor, depois do almoço eu saía da casa escura e glacial, onde a família cochilava, espalhada por sofás de couro e cadeiras de palha, quando eu entreabria as folhas da porta-balcão e me esgueirava para o azul em brasa, não precisava me voltar para saber que ela também vinha; ouvia seus passos no cascalho. Ela andava com dificuldade, virava os saltos altos sobre a terra endurecida. Nós nos debruçávamos no parapeito do terraço. Seu jogo consistia em aguentar o maior tempo possível com os braços nus sobre a pedra escaldante.

A planície, a nossos pés, entregava-se ao sol no mesmo silêncio profundo com que adormece sob o luar. No horizonte, as charnecas formavam um imenso arco negro sobre o qual pesava o céu metálico. Nem um homem, nem um animal saía antes da quarta hora. As moscas vibravam paradas, não menos imóveis do que aquela única fumaça na planície, que nenhuma brisa dissipava.

Eu sabia que aquela mulher, que estava ali em pé, não podia me amar, que não havia nada em mim que não lhe fosse odioso. Mas respirávamos sozinhos naquela propriedade perdida, no meio de um torpor intransponível. Aquele jovem ser sofredor, estritamente vigiado por uma família, buscava meu olhar com a mesma inconsciência com que um heliotrópio se volta para o sol. No entanto, diante da menor frase suspeita, eu não receberia outra resposta senão uma zombaria. Eu sentia perfeitamente que ela teria rechaçado com repulsa o mais tímido dos gestos. Por isso, ficávamos um perto do outro, à beira daquela cuba imensa onde a futura vindima fermentava no sono das folhas azuladas.

E você, Isa, o que pensava daquelas saídas da manhã e daqueles colóquios na hora em que o restante do mundo adormecia? Eu sei o que pensava, porque um dia ouvi. Sim, por trás das portas fechadas da sala de estar, eu a ouvi dizer à sua mãe, que passava uns dias em Calèse (vinda, decerto, para reforçar a vigilância sobre Marinette):

— Ele exerce má influência sobre ela, do ponto de vista das ideias... mas, quanto ao resto, ele a deixa ocupada, e isso não apresenta inconvenientes.

— Sim, ele a deixa ocupada; é o essencial – respondeu sua mãe.

Vocês se alegravam porque eu deixava Marinette ocupada. "Mas, na volta às aulas, vai ser preciso encontrar outra coisa", você completava. Por mais desprezo que eu lhe tenha inspirado, Isa, foi maior ainda o meu por você, em vista de palavras como essas. Decerto você não imaginava que pudesse haver perigo. As mulheres não se lembram daquilo que deixaram de sentir.

Depois do almoço, à beira da planície, é verdade que nada podia acontecer; pois, por mais vazio que estivesse o mundo, era como se nós dois estivéssemos num palco. Bastaria que um camponês não se entregasse à sesta para ver, imóveis como as tílias, um homem e uma mulher que, em pé diante da terra incandescente, não poderiam fazer o menor gesto sem se tocar.

Mas nossos passeios noturnos não eram menos inocentes. Lembro-me de uma noite de agosto. O jantar havia sido tempestuoso, por causa do processo de Dreyfus. Marinette, que, comigo, defendia a revisão, ganhava de mim agora na arte de tirar o padre Ardouin da defensiva, de obrigá-lo a tomar partido. Como você tinha falado com exaltação de um artigo de Drumont, Marinette perguntou com sua voz de criança de catecismo:

— Padre, é permitido odiar os judeus?

Naquela noite, para nossa grande alegria, ele não recorrera a vagas evasivas. Falou da grandeza do povo eleito, de seu nobre papel de testemunha, de sua conversão prevista, anunciadora do fim dos tempos. E, como Hubert havia protestado, dizendo que era preciso odiar os carrascos de Nosso Senhor, o padre respondeu que cada um de nós tinha o direito de odiar um único carrasco de Cristo: "Nós mesmos, e não outro..."

Desconcertada, você replicou que, com essas belas teorias, só restava entregar a França ao estrangeiro. Felizmente para o padre, você apelou para Joana d'Arc, o que os reconciliou. No alpendre, uma criança exclamava:

— Oh! Que luar lindo!

Fui para o terraço. Sabia que Marinette me seguiria. E, de fato, ouvi sua voz ofegante: "Espere..." Tinha posto um boá em torno do pescoço.

A lua cheia nascia a leste. A jovem admirava as longas sombras oblíquas dos carpinos sobre a relva. As casas de camponeses recebiam a claridade sobre suas faces fechadas. Alguns cães ladravam. Ela me perguntou se era a lua que tornava as árvores imóveis. Disse que, numa noite como aquela, tudo estava pronto para o tormento dos solitários. "Um cenário vazio!", dizia. Quantos rostos colados, àquela hora, quantos ombros unidos! Que cumplicidade! Eu via nitidamente uma lágrima na orla de seus cílios. Na imobilidade do mundo, só o seu alento era vivo. Ela sempre estava um pouco ofegante... O que resta de você nesta noite, Marinette, você que morreu em 1900? O que resta de um corpo enterrado há trinta anos? Lembro-me de seu aroma noturno. Para acreditar na ressurreição da carne, talvez seja preciso ter vencido a carne. A punição daqueles que abusaram dela é não poder nem mesmo imaginar que ela ressuscitará.

Tomei sua mão como teria tomado a de uma criança sofredora; e, tal como uma criança, ela apoiou a cabeça em meu ombro. Eu a recebia porque estava lá; a argila recebe um pêssego que cai da árvore. Os seres humanos, na maioria das vezes, não se escolhem uns aos outros muito mais do que o fazem as árvores que brotaram lado a lado e cujos ramos se confundem apenas porque cresceram.

Mas minha infâmia, naquele minuto, foi pensar em você, Isa, sonhar com uma possível vingança: usar Marinette para lhe causar sofrimento. Por mais depressa que essa ideia tenha passado por minha mente, a verdade é que concebi esse crime. Demos alguns passos vacilantes para fora da área enluarada, em direção ao pequeno bosque de romãzeiras e filadelfos. Quis o destino que eu ouvisse então um ruído de passos entre as videiras – no mesmo caminho que, toda manhã, o padre Ardouin seguia para ir à missa. Era ele, provavelmente... Eu pensava naquela frase que ele me dissera certa noite: "O senhor é muito bondoso..." Se ele pudesse ler em meu coração naquele minuto! A vergonha que senti talvez tenha me salvado.

Levei Marinette de volta à luz, convidei-a a se sentar no banco. Enxuguei seus olhos com meu lenço. Dizia-lhe o que teria dito a Marie, se ela tivesse levado um tombo e eu a tivesse levantado no caminho das tílias. Fingia não ter percebido o que podia ter havido de suspeito em sua entrega e em suas lágrimas.

IX

NA MANHÃ SEGUINTE, ela não cavalgou. Fui para Bordeaux (passava lá dois dias por semana, apesar das férias do Palácio de Justiça, para não interromper meus pareceres).

Quando peguei o trem para voltar a Calèse, o Sud-express estava na estação, e foi grande meu espanto quando, por trás dos vidros do vagão no qual estava escrito *Biarritz*, avistei Marinette, sem véu, vestindo um *tailleur* cinzento. Lembrei-me de que, fazia tempo, uma amiga a instava a ir visitá-la em Saint-Jean-de-Luz. Ela estava lendo uma revista e não viu meus sinais. À noite, quando lhe contei o ocorrido, você prestou pouca atenção àquilo que acreditava ser apenas uma breve fuga. Disse que, pouco depois de minha partida, Marinette havia recebido um telegrama da amiga. Você parecia surpresa por eu não estar a par. Talvez tivesse desconfiado de um encontro clandestino entre nós em Bordeaux. Marie, aliás, estava deitada, com febre; fazia vários dias que padecia de uma disenteria, e você se preocupava. Justiça seja feita, quando um dos seus filhos estava doente, nada mais tinha importância.

Eu gostaria de passar rapidamente pelo que se seguiu. Depois de mais de trinta anos, não saberia deter meu pensamento naqueles fatos sem um imenso esforço. Sei do que você me acusou. Ousou dizer na minha cara que eu não tinha desejado uma consulta médica. Sem a menor dúvida, se tivéssemos chamado o professor Arnozan, ele teria reconhecido um quadro de tifo naquela suposta gripe. Mas puxe pela memória. Uma única vez você me disse: "E se chamássemos o Arnozan?" Eu respondi: "O Dr. Aubrou garante que está atendendo mais de vinte casos da mesma gripe na cidadezinha…" Você não insistiu. Afirma que me suplicou, de novo no dia seguinte, que telegrafasse a Arnozan. Eu me lembraria, se você tivesse feito isso. É verdade que ruminei tanto essas lembranças, durante dias e noites, que já nem sei bem o que aconteceu. Admitamos que sou avaro… mas não a ponto de regatear quando estivesse em jogo a saúde de Marie. Isso é inverossímil, até porque o professor Arnozan trabalhava por amor a Deus e ao próximo: se não o chamei, foi porque continuávamos convencidos de que se tratava de simples gripe "que tinha atacado o intestino". Aquele Aubrou fazia Marie comer para não ficar fraca. Foi ele que a matou, não eu. Não, estávamos de acordo, você não insistiu em chamar Arnozan, mentirosa. Eu não sou responsável pela morte de Marie. Foi horrível você ter feito essa acusação; e acreditar nisso! Ter sempre acreditado!

Que verão implacável! O delírio daquele verão, a ferocidade das cigarras… Não conseguíamos obter gelo. Durante tardes infindáveis, eu enxugava o rostinho suado dela, que atraía moscas. Arnozan chegou tarde demais. O tratamento foi mudado quando ela já estava mais que perdida. Ela delirava, talvez, quando repetia: "Por papai! Por papai!" Você se lembra com que voz ela gritava: "Meu Deus, eu só sou uma criança…" E se emendava: "Não, eu posso continuar sofrendo." O padre Ardouin dava-lhe de beber água de Lourdes. Minha cabeça e a dele se aproximavam acima daquele corpo extenuado, nossas mãos se tocavam. Quando acabou, você achou que eu era insensível.

Quer saber o que se passava em mim? Coisa estranha é que você, cristã, não conseguia se separar do cadáver. Todos lhe suplicavam que comesse, repetiam que você precisava de todas as suas forças. Mas teria sido preciso arrastá-la do quarto com violência. Você ficava sentada bem ao lado da cama, tocava a testa, as faces frias com um gesto hesitante. Punha os lábios sobre os cabelos ainda vivos; e às vezes caía de joelhos, não para orar, mas para apoiar a testa nas mãozinhas endurecidas, geladas.

Você era erguida pelo padre Ardouin, que lhe falava das crianças às quais devemos nos assemelhar para entrarmos no reino do Pai: "Ela está viva, está vendo a senhora, está à sua espera." Você balançava a cabeça; aquelas palavras não atingiam nem mesmo seu cérebro; a fé não lhe servia de nada. Você só pensava naquela carne de sua carne que ia ser enterrada e estava para putrefazer-se; ao passo que eu, o incrédulo, sentia diante do que sobrava de Marie tudo o que significam as palavras "restos mortais". Eu tinha o sentimento irresistível da partida, da ausência. Ela já não estava ali; já não era ela. "Vocês estão procurando Marie? Ela não está mais aqui..."

Mais tarde, você me acusou de esquecer depressa. No entanto, eu sei o que se rompeu em mim quando a beijei, pela última vez, em seu caixão. Mas já não era ela. Você me desprezou por não a acompanhar ao cemitério, quase todo dia. E repetia: "Ele nunca põe os pés ali. No entanto, Marie era a única que ele parecia amar um pouco... Ele não tem coração."

Marinette voltou para o enterro, mas foi embora três dias depois. Você estava cega de dor, não enxergava a ameaça que se esboçava em relação a ela. E parecia até aliviada com a partida da irmã. Dois meses depois, ficamos sabendo de seu noivado com aquele homem de letras, jornalista que ela conheceu em Biarritz. Já não dava tempo de evitar o estrago. Você foi implacável – como se de repente irrompesse um ódio reprimido contra Marinette; não quis conhecer aquele "indivíduo" –, homem comum, semelhante a muitos outros; seu único crime era o de privar nossos filhos de uma fortuna pela qual, aliás, ele não seria beneficiado, pois os sobrinhos de Philipot recebiam a maior parte.

Mas você nunca raciocina; não teve nenhum vislumbre de escrúpulo; não conheci ninguém que fosse mais serenamente injusta do que você. Sabe Deus de que pecadilhos falava no confessionário!

E não há uma única bem-aventurança que você não tenha contrariado em sua vida inteira. Não lhe custa nada acumular falsas razões para rejeitar os alvos de seu ódio. A respeito do marido de sua irmã, que você nunca tinha visto, de quem nada sabia: "Em Biarritz ela foi vítima de um embusteiro, de uma espécie de larápio...", dizia.

Quando a pobre moça morreu de parto (ah! eu não gostaria de julgá-la com a mesma dureza com que fui julgado no caso de Marie!), é pouco dizer que você não manifestou quase nenhuma tristeza. Os acontecimentos tinham lhe dado razão; aquilo não podia acabar de outro jeito; ela havia cavado a própria cova; você estava com a consciência tranquila; tinha cumprido seu dever; a infeliz sabia muito bem que a família continuava aberta para ela, que a esperava, que lhe bastava fazer um aceno. Pelo menos você se eximia de culpa: não tinha sido cúmplice. Com o custo de ter demonstrado firmeza: "Mas há ocasiões em que é preciso saber calar o coração."

Não, eu não vou acossá-la. Reconheço que você foi boa para o filho de Marinette, para o pequeno Luc, depois do falecimento de sua mãe, que, até morrer, havia tomado conta dele. Você cuidava dele durante as férias; ia vê-lo, uma vez a cada inverno, no colégio situado nas cercanias de Bayonne: "Cumpria seu dever, pois o pai não cumpria o seu..."

Nunca lhe disse como conheci o pai de Luc, em Bordeaux, no mês de setembro de 1914. Estava tentando obter um cofre num banco; todos tinham sido tomados pelos parisienses em fuga. Por fim, o diretor do Crédit Lyonnais me avisou que um de seus clientes voltava a Paris e talvez concordasse em me ceder o seu. Quando disse seu nome, percebi que se tratava do pai de Luc. Ah! Não, não era o monstro que você imaginava. Naquele homem de 38 anos, ético, angustiado, martirizado pelo terror dos conselhos de recrutamento, busquei em vão o mesmo que, catorze anos antes, eu havia visto de passagem no enterro de Marinette e com quem eu tivera uma conversa de negócios. Ele me abriu seu coração. Vivia maritalmente com uma mulher e queria evitar o contato dela com Luc. Era no interesse do menino que o deixara com a avó Fondaudège... Minha pobre Isa, se você e seus filhos soubessem o que ofereci àquele homem, naquele dia! Posso perfeitamente dizer agora. Ele ficaria com o cofre em seu nome e me daria uma procuração. Toda a minha fortuna mobiliária estaria lá, e um documento atestaria que ela pertencia a Luc. Enquanto eu vivesse, o pai dele não tocaria no cofre. Mas, depois de minha morte, tomaria posse dele, e vocês não desconfiariam de nada...

Evidentemente eu me punha nas mãos daquele homem; eu e minha fortuna. Como eu devia odiá-los naquela época! Pois bem, ele não quis concordar. Não ousou. Falou de honra.

Como fui capaz daquela loucura? Naquela época nossos filhos beiravam os trinta anos, estavam casados, definitivamente aliados seus, contra mim em todas as oportunidades. Vocês agiam em segredo; eu era o inimigo. Deus sabe que, com eles – em especial com Geneviève –, você não se dava muito bem. Dizia que ela a deixava sempre sozinha, que não lhe pedia conselhos para nada, mas contra mim o *front* se reconstituía. Aliás, tudo ocorria na surdina, a não ser nas ocasiões solenes: foi assim que houve batalhas terríveis quando do casamento dos nossos filhos. Eu não queria dar dote, mas renda. Recusava-me a dar a conhecer às famílias interessadas o montante de minha fortuna. Aguentei firme, fui o mais forte, o ódio me sustentava – ódio, mas também amor, amor que eu tinha pelo menino Luc. De qualquer modo, as famílias desconsideraram essa questão, pois não duvidavam de que o patrimônio era enorme.

Mas meu silêncio lhes causava preocupação. Vocês tentavam descobrir. Geneviève às vezes me pegava pelo lado afetivo: pobre palerma, que eu ouvia chegar de longe com seus tamancões! Muitas vezes eu lhe dizia: "Quando eu morrer, vocês vão me abençoar", só pelo prazer de ver nos olhos dela o brilho de cobiça. E ela ia transmitir a você essas palavras maravilhosas. Toda a família entrava em transe. Enquanto isso, eu buscava o meio de lhes deixar apenas o que era impossível esconder. Só pensava no pequeno Luc. Tive até a ideia de hipotecar as terras...

Pois bem, apesar de tudo, uma vez me deixei apanhar pelas suas cavilações: no ano seguinte à morte de Marie. Eu tinha adoecido. Certos sintomas lembravam os do mal que levara nossa filhinha. Detesto ser tratado, tenho horror a médicos e remédios. Você não sossegou enquanto não me conformei a ficar na cama e a chamar Arnozan.

Você cuidava de mim com desvelo, nem é preciso dizer, mas até com apreensão e, às vezes, quando me perguntava o que eu sentia, parecia-me discernir angústia em sua voz. Você me apalpava a testa do mesmo modo como o fazia com as crianças. Quis dormir em meu quarto. Quando eu me agitava à noite, você se levantava e me ajudava a beber água. *Ela gosta de mim*, pensava eu, *quem diria...? Será por causa do que eu ganho?* Nada disso, você não ama o dinheiro por si mesmo... A não ser que fosse porque, com minha morte, a posição dos nossos filhos se rebaixaria? Parecia mais provável. Mas também não era isso.

Depois que Arnozan me examinou, você falou com ele no alpendre, com aquelas estridências na voz que tantas vezes a traíram: "Diga a todo mundo, doutor, que Marie morreu de tifo. Por causa de meus saudosos irmãos, andam dizendo por aí que foi a tísica que a levou. Essa gente é ruim, não desiste. Eu morro de medo de que isso cause muito prejuízo a Hubert e a Geneviève. Se meu marido tivesse uma doença grave, todo esse falatório ganharia mais força. Fiquei bem temerosa durante alguns dias; pensava nos meus filhos, coitados. O senhor sabe que ele também teve um problema pulmonar antes de se casar. Coisa notória; tudo se sabe; as pessoas adoram isso! Mesmo que ele morresse de uma doença infecciosa, a sociedade não ia querer acreditar, assim como não acreditou no caso de Marie. E meus filhinhos iam sofrer as consequências. Eu ficava com raiva quando via que ele se tratava tão mal. Recusava-se a ficar deitado! Como se fosse só dele que se tratava! Mas ele nunca pensa nos outros, nem mesmo nos filhos... Não, não, doutor, um homem como o senhor não pode acreditar que existam homens como ele. O senhor é igual ao padre Ardouin, não acredita no mal.

Eu ria sozinho, na cama, e, quando você entrou, perguntou o motivo do riso. Respondi com as seguintes palavras, de uso corrente entre nós: "Por nada."

— Por que está rindo?

— Por nada.

— No que está pensando?

— Em nada.

X

ESTOU RETOMANDO ESTE caderno depois de uma crise que durante quase um mês me pôs sob o controle de vocês. Quando a doença me desarma, o círculo da família se aperta em torno da minha cama. Vocês ficam perto, observando.

No domingo passado, Phili veio me fazer companhia. Estava quente: eu respondia com monossílabos; perdi o desfiar das ideias dela... Por quanto tempo? Não saberia dizer. O som da voz dele me despertou. Eu o via na penumbra, de orelha empinada. Seus olhos de lobo jovem brilhavam. No pulso, acima do relógio, usava uma corrente de ouro. Sua camisa estava entreaberta, deixando à mostra um peito de criança. Adormeci de novo. O rangido dos sapatos dele me despertou, mas eu o observava por entre os cílios. Ele apalpava meu casaco, no local do bolso interno onde fica minha carteira. Apesar dos batimentos fortes do coração, eu me forçava a ficar imóvel. Terá desconfiado? Voltou a seu lugar.

Fingi que acordei; perguntei se tinha dormido muito tempo:

— Só alguns minutos, vovô.

Senti o terror dos velhos solitários quando espionados por um jovem. Estarei louco? Minha impressão é de que ele seria capaz de me matar. Hubert reconheceu, um dia, que Phili era capaz de tudo.

Isa, veja como fui infeliz. Quando você ler isto, será tarde demais para mostrar piedade. Mas é agradável alimentar a esperança de que você sentirá um pouco de piedade. Não acredito em seu inferno eterno, mas sei o que é ser um danado na terra, um réprobo, um homem que, aonde quer que vá, pega o caminho errado; um homem cujo caminho sempre foi errado; alguém que não sabe viver, não como entendem as pessoas da sociedade: alguém a quem falta a arte de viver, em sentido absoluto. Isa, não estou bem. O vento sul abrasa a atmosfera. Estou com sede e só tenho a água morna do banheiro. Milhões, mas nem um copo de água fresca.

Se suporto a presença – aterrorizante para mim – de Phili, talvez seja porque ele me lembra outro menino, aquele que estaria hoje com mais de trinta anos, o pequeno Luc, nosso sobrinho. Nunca neguei sua virtude, Isa; aquela criança lhe deu oportunidade de exercê-la. Você não o amava: nada tinha dos Fondaudège aquele filho de Marinette, aquele menino com olhos de azeviche, testa curta, cabelos cobrindo as têmporas como "costeletas", dizia Hubert. Não era bom aluno, naquele colégio de Bayonne onde estava como interno. Mas isso não era de sua conta, dizia você. Já era suficiente cuidar dele durante as férias.

Não, não era pelos livros que ele se interessava. Nesta terra sem caça, ele encontrava o meio de abater sua presa quase todo dia. As lebres, as únicas lebres que a cada ano se aninhavam nas espaldeiras das vinhas era o que ele sempre acabava por nos trazer: ainda vejo seu aceno alegre, no grande caminho das vinhas, com o punho apertado em torno das orelhas do animal de focinho ensanguentado. Manhãzinha, eu o ouvia partir. Abria a janela, e sua voz fresca gritava para mim, em meio à cerração: "Vou puxar minhas linhas de fundo."

Ele me encarava, sustentava meu olhar, não tinha medo de mim; não lhe ocorria sequer a ideia de ter medo de mim.

Quando, depois de alguns dias de ausência, eu aparecia sem avisar e sentia cheiro de charuto na casa, deparava com a sala de estar sem tapete e com todos os sinais de festa interrompida (assim que eu dava as costas, Geneviève e Hubert convidavam amigos, organizavam "ocupações", apesar de minha proibição formal; e você era cúmplice da desobediência deles "porque", dizia, "é preciso retribuir gentilezas…"), quando isso acontecia, era sempre Luc que mandavam vir ao meu encontro, para me desarmar. Ele achava cômico o terror que eu inspirava: "Entrei na sala de estar quando eles estavam dançando e gritei: 'Olha aí, o tio está chegando pelo atalho…' Precisava ver todo mundo sair correndo! A tia Isa e a Geneviève carregavam os sanduíches para a despensa. Que bagunça!"

O único ser no mundo, aquele menino, para quem eu não era um bicho-papão. Às vezes eu descia em sua companhia até o rio quando ele pescava com vara. Aquela criatura, que estava sempre correndo e pulando, podia passar horas imóvel, atento, transformado em árvore, e seu braço executava movimentos tão lentos e silenciosos quanto os de um ramo. Geneviève tinha razão quando dizia que ele não seria um "literato". Ele nunca se dava o trabalho de ir ver o luar no terraço. Não tinha o senso da natureza porque ele mesmo era a natureza, fundia-se nela, era uma de suas forças, uma fonte viva entre as fontes.

Eu pensava em todos os elementos dramáticos daquela vida incipiente: a mãe morta, o pai de quem não se devia falar em casa, o internato, o abandono. A mim não seria preciso tanto para transbordar de amargura e ódio. Mas dele brotava alegria. Todos gostavam dele. Como isso parecia estranho a uma pessoa como eu, que todos odiavam! Todos gostavam dele, até eu. Ele sorria para todos, também para mim; mas não mais do que para os outros.

Naquele ser todo instinto, que ia crescendo, o que mais me impressionava era a pureza, a ignorância do mal, a indiferença. Nossos filhos eram bons filhos, que seja. Hubert teve uma juventude modelo, como você diz. Nesse aspecto, reconheço que a educação dada por você produziu frutos. Se tivesse tido tempo de se tornar adulto, Luc teria dado preocupação? A pureza, nele, não parecia aprendida nem consciente: era a limpidez da água sobre os seixos. Brilhava sobre ele, como o orvalho na relva. Se me demoro nesse aspecto, é porque ele causou profunda impressão em mim. Os princípios que você ostentava, as alusões que fazia, sua aparência de contrariedade, seus lábios franzidos, não poderiam ter me transmitido a percepção do mal que me foi dada por aquela criança, sem que eu percebesse; só tomei consciência disso muito tempo depois. Se, como você imagina, a humanidade traz na carne uma chaga original, nenhum olho humano a teria discernido em Luc: ele saía das mãos do oleiro intacto e com perfeita graça. Eu, porém, perto dele sentia minha deformidade.

Poderei dizer que o amei como a um filho? Não, pois o que me fazia amá-lo era o fato de não me encontrar nele. Sei muito bem o que Hubert e Geneviève receberam de mim: a aspereza, a primazia dos bens temporais na vida, a capacidade de desprezar (Geneviève trata Alfred, o marido, com uma implacabilidade que carrega a minha marca). Em Luc, eu tinha certeza de não esbarrar em mim mesmo.

Durante o ano, eu quase não pensava nele. O pai o pegava no dia de ano-novo e na Páscoa, e o trazia aqui nas férias longas. Ele saía desta terra em outubro, com os outros passarinhos.

Era religioso? Você dizia sobre ele: "Mesmo num selvagenzinho como Luc, a gente vê a influência dos Pais da Igreja. Ele nunca deixa de comungar aos domingos... Ah! Em compensação, reza a ação de graças bem depressinha. Enfim, de cada um só é exigido o que ele pode dar." Ele nunca me falava dessas coisas; nem sequer mencionava. Suas conversas eram sobre o que há de mais concreto. Às vezes, quando ele puxava do bolso uma faca, uma boia, um assobio para chamar as andorinhas, seu terço preto caía na relva, e ele o recolhia com rapidez. No domingo de manhã, talvez ele parecesse um pouco mais tranquilo do que nos outros dias, menos lépido, menos imponderável e como que carregado de uma substância desconhecida.

Entre todos os laços que me uniam a Luc, há um que talvez a surpreenda: mais de uma vez, naqueles domingos, ocorria-me reconhecer naquele jovem cervo que já não pulava o irmão da menina adormecida doze anos antes, de nossa Marie; tão diferentes eram, porém, pois ela não podia suportar ver um inseto sendo esmagado e sentia prazer em forrar de musgo o oco de uma árvore e lá colocar uma estátua da Virgem, lembra-se? Pois bem, no filho de Marinette, naquele que você chamava de selvagenzinho, era nossa Marie que revivia para mim, ou melhor, a mesma fonte que brotara nela e voltara para debaixo da terra com ela agora surgia de novo a meus pés.

Nos primeiros dias da guerra, Luc estava para fazer 15 anos. Hubert tinha sido mobilizado para os serviços auxiliares. Os conselhos de recrutamento, que ele enfrentava com filosofia, em você causavam angústia. Naquele seu peito estreito que, durante anos, tinha sido um pesadelo para você, agora repousava sua esperança. Quando a monotonia dos escritórios, e também algumas humilhações, inspiraram nele o intenso desejo de se alistar e todas as tentativas nesse sentido foram inúteis, você chegou a falar abertamente daquilo que antes tinha disfarçado com tanto cuidado: "Também... com esse atavismo...", repetia.

Minha pobre Isa, não tenha medo, não vou apedrejá-la. Você nunca se interessou por mim, nunca me observou; mas, durante aquele período, menos do que em qualquer outra época. Você nunca pressentiu que eu ficava cada vez mais angustiado, à medida que se sucediam as campanhas de inverno. Como o pai de Luc tinha sido mobilizado para trabalhar num ministério, o menino estava conosco, não só durante as férias de verão, mas também no dia de ano-novo e na Páscoa. Sentia entusiasmo pela guerra. Temia que ela acabasse antes que ele fizesse 18 anos. Ele, que, antes, nunca abria um livro, passou a devorar as obras especializadas, a estudar os mapas. Desenvolvia o corpo com método. Aos 16 anos, já era um homem – um homem duro. Era alguém que não se emocionava com os feridos nem com os mortos! Dos relatos mais tenebrosos que eu lhe dava para ler sobre a vida nas trincheiras ele extraía a imagem de um esporte terrível e magnífico que não se teria para sempre o direito de praticar: era preciso apressar-se. Ah! Que medo ele tinha de chegar tarde demais! Já levava no bolso a autorização do imbecil do pai. E eu, à medida que se aproximava o fatal aniversário de janeiro de 1918, acompanhava fremente a carreira do velho Clemenceau, vigiando-a, tal como os pais dos prisioneiros espreitavam a queda de Robespierre, esperando que o tirano caísse antes que seu filho fosse a julgamento.

Quando Luc foi para a base de Souges, durante o período de instrução e treinamento, você lhe mandava roupas de lã, guloseimas, mas algumas falas suas despertavam o instinto assassino em mim, minha pobre Isa, como quando dizia: "Coitadinho, seria bem triste, claro... mas ele, pelo menos, não deixaria ninguém para trás..." Reconheço que não havia nada de escandaloso nessas palavras.

Um dia, compreendi que já não cabia esperar que a guerra terminasse antes da partida de Luc. Quando o *front* foi rompido em Chemin des Dames, ele veio se despedir, 15 dias antes do previsto. Paciência! Armo-me de coragem para rememorar aqui um episódio horrível, que ainda me tira o sono e me faz acordar gritando. Naquele dia, fui ao meu gabinete buscar um cinturão de couro encomendado ao seleiro, de acordo com um modelo que eu mesmo lhe dera. Subi num banquinho e tentei puxar a cabeça de Demóstenes feita de gesso que fica no alto de minha estante de livros. Impossível movimentá-la. Estava cheia de luíses que eu escondia ali desde a mobilização. Mergulhei a mão naquele ouro, coisa pela qual eu tinha mais apreço no mundo, e enchi o cinturão de couro. Quando desci do banco, aquela cobra inchada, repleta de metal, enrolava-se em meu pescoço, forçando minha nuca para baixo.

Com um gesto tímido, estendi o cinturão a Luc. Ele não entendeu de imediato o que eu lhe oferecia.

— O que devo fazer com isto, titio?

— Isso pode ser útil nos acantonamentos, se você cair prisioneiro... e em muitas outras situações: com isso a gente consegue tudo.

— Ah! – exclamou ele, rindo. – Já chega o peso da minha mochila... como você pode imaginar que eu vou me sobrecarregar com todo esse dinheiro? No primeiro avanço da linha de combate, eu seria obrigado a deixar isso nos abrigos camuflados...

— Mas, meu menino, no início da guerra, todos os que tinham ouro o levaram consigo.

— Porque não sabiam o que os esperava, titio.

Ele estava em pé no meio do aposento. Tinha jogado o cinturão cheio de ouro no sofá. Aquele rapaz robusto parecia tão frágil no uniforme grande demais! Do colarinho aberto emergia seu pescoço de menino recruta. O cabelo raspado despia seu rosto de qualquer característica particular. Ele estava preparado para a morte, estava "paramentado", igual aos outros, indistinto, já anônimo, já desaparecido. Por um instante seu olhar se fixou no cinturão, depois se ergueu para mim com uma expressão de zombaria e desprezo. Mesmo assim me beijou. Desci com ele até a porta da rua. Ele se voltou para gritar que "levasse tudo aquilo para o Banco da França". Eu não via mais nada. Ouvi você dizer-lhe rindo:

— Não conte muito com isso! É pedir demais!

Fechada a porta, fiquei imóvel no vestíbulo, e você me disse:

— Confesse que sabia que ele não ia aceitar o seu ouro. Era uma operação sem risco.

Lembrei que o cinturão tinha ficado no sofá. Qualquer criado poderia descobri-lo, nunca se sabe. Subi correndo, coloquei-o de novo sobre os ombros, para esvaziar o conteúdo na cabeça de Demóstenes.

Mal me dei conta da morte de minha mãe, ocorrida poucos dias depois: fazia anos que ela estava inconsciente e já não morava conosco. É agora que penso nela, todo dia, na mãe de minha infância e de minha juventude: a imagem do que ela veio a se tornar está apagada. Eu, que detesto cemitérios, vou às vezes visitar seu túmulo. Não levo flores desde que percebi que são roubadas. Os pobres vêm afanar as rosas dos ricos para seus mortos. Seria preciso gastar com uma grade; mas tudo está tão caro hoje em dia. Luc, ao contrário, não teve túmulo. Desapareceu; é um desaparecido. Na minha carteira, conservo o único cartão que ele teve tempo de me mandar: "Tudo vai bem, recebi encomenda. Com carinho." Ele escreveu: *carinho*. Pelo menos obtive essa palavra de minha pobre criança.

XI

ESTA NOITE, FUI acordado pela sufocação. Precisei me levantar e me arrastar até a poltrona; no tumulto de uma ventania furiosa, reli estas últimas páginas, estupefato pelas profundezas que elas iluminam em mim. Antes de escrever, debrucei-me na janela. O vento tinha amainado. Calèse dormia imersa na brisa, debaixo de todas as estrelas. E de repente, por volta das três da madrugada, de novo aquela borrasca, aqueles ribombos no céu, aquelas gotas grossas e geladas. Estalavam de tal modo nas telhas que me deu medo do granizo; achei que meu coração ia parar.

A floração das videiras terminou sem intempéries; a futura colheita cobre a encosta; mas parece estar lá como os filhotes que o caçador amarra e abandona na escuridão para atrair as feras; nuvens atroadoras giram em torno das vinhas ofertadas.

Que me importam as colheitas hoje? Não posso colher mais nada no mundo. Só posso me conhecer um pouco melhor. Ouça, Isa. Depois de minha morte, no meio de meus papéis, você descobrirá minhas últimas vontades. Elas datam dos meses seguintes à morte de Marie, quando eu estava doente e você se preocupava por causa dos filhos. Encontrará uma profissão de fé lavrada mais ou menos nestes termos: "Se vier a aceitar, na hora da morte, o ministério de um sacerdote, desde já protesto, em plena lucidez, contra o abuso de minha debilitação intelectual e física para obterem de mim o que minha razão reprova."

Pois bem, devo-lhe uma confissão: ao contrário, é quando me olho, como faço há dois meses, com uma atenção mais forte que minha repulsa, é quando me sinto mais lúcido que a tentação cristã me atormenta. Já não posso negar que existe em mim um caminho que poderia me levar ao seu Deus. Se conseguisse ter mais gosto por mim mesmo, combateria melhor essa imposição. Se pudesse me desprezar sem segundas intenções, a questão estaria entendida de uma vez por todas. Mas a dureza do homem que sou eu, a medonha indigência de seu coração, esse dom que ele tem de inspirar ódio e criar o deserto em torno de si, nada disso prevalece contra a esperança… Será que acredita em mim, Isa? Talvez não tenha sido por vocês, os justos, que seu Deus veio, se é que veio, mas por nós. Você não me conhecia, não sabia quem eu era. As páginas que acaba de ler por acaso me tornaram menos horrível a seus olhos? No entanto, você vê que existe em mim uma corda secreta, aquela que Marie punha a vibrar só por se aninhar em meus braços, e também o jovem Luc quando, aos domingos, voltando da missa, sentava-se no banco da frente da casa e ficava olhando o prado.

Ah! Não creia de modo nenhum que faço uma ideia elevada demais de mim mesmo. Conheço meu coração, este coração, este nó de víboras: sufocado debaixo delas, saturado de sua peçonha, ele continua batendo sob aquele fervilhar. Esse nó de víboras que é impossível desatar, que seria preciso cortar com faca, com espada: "Não vim trazer a paz, mas a espada."

Amanhã pode ser que eu renegue o que confidencio aqui, assim como reneguei, nesta noite, minhas últimas vontades de trinta anos atrás. Dei a impressão de odiar com um ódio digno de expiação tudo o que você professava, e continuo odiando aqueles que se autodenominam cristãos; mas não será porque muitos apequenam uma esperança, desfiguram um rosto, o Rosto, a Face? Com que direito os julgo, dirá você, eu que sou abominável? Isa, não haverá em minha torpeza, mais do que na virtude deles, algo que se assemelhe ao Sinal que você adora? Para você, o que estou escrevendo provavelmente é uma absurda blasfêmia. Seria preciso provar que o é. Por que você não fala comigo, por que nunca falou? Talvez exista uma palavra sua que fenda meu coração. Nesta noite, parece-me não ser tarde demais para recomeçar nossa vida. E se eu não esperasse a morte para lhe entregar estas páginas? E se eu rogasse, em nome de seu Deus, que você as lesse até o fim? E se eu espreitasse o momento em que você terminasse de ler? E se eu a visse entrar em meu quarto com o rosto banhado de lágrimas? E se você abrisse os braços para mim? E se eu lhe pedisse perdão? E se caíssemos de joelhos um diante do outro?

Parece que a tempestade acabou. As estrelas da madrugada palpitam. Eu achava que tinha voltado a chover, mas são as gotas caindo das folhas. Será que, se me deitar na cama, vou sufocar? No entanto, não consigo continuar escrevendo e às vezes largo a pena e deixo minha cabeça girar de um lado para o outro sobre o duro espaldar...

Um sibilo de animal, depois um imenso estrépito e, ao mesmo tempo, um clarão encheram o céu. No silêncio de pânico que se seguiu, explodiram, nas encostas, as bombas que os viticultores lançam para que as nuvens de granizo se dispersem ou se decomponham como água. Alguns rojões brotaram daquele canto de trevas onde Barsac e Sauternes tremem na expectativa do flagelo. O sino de Saint-Vincent, que afasta o granizo, repicava sem parar, como alguém que canta, à noite, por estar com medo. E de repente, sobre as telhas, aquele barulho como de um punhado de seixos... Granizo! Em outros tempos, eu teria corrido à janela. Eu estava ouvindo as batidas das venezianas dos quartos. Você gritou para um homem que atravessava o pátio correndo: "É forte?" Ele respondeu: "Ainda bem que está misturado com chuva, mas vem caindo bastante." Uma criança apavorada corria descalça pelo corredor. Calculei por hábito: "Cem mil francos perdidos...", mas não me mexi. Outrora nada teria me impedido de descer, como certa noite em que fui encontrado no meio das vinhas, de chinelos, com a vela apagada na mão, recebendo o granizo na cabeça. Um profundo instinto camponês me lançava para a frente, como se eu quisesse me deitar e cobrir com o corpo a vinha apedrejada. Mas nesta noite, eis que, em sentido profundo, me tornei alheio ao que era o meu bem. Enfim, estou desprendido. Não sei o que nem quem me desprendeu, Isa; romperam-se amarras; estou derivando. Que força me arrasta? Uma força cega? Um amor? Talvez um amor...

Segunda parte

XII

Paris, rua Bréa.

COMO TIVE A IDEIA de pôr este caderno na bagagem! O que tenho a ver agora com esta longa confissão? Rompi de vez com minha família. Aquela para quem eu me expunha, aqui, inteiramente, deve deixar de existir para mim. De que serve retomar este trabalho? Provavelmente, sem ter consciência, eu encontrava nele algum consolo, alguma libertação. Que luzes lançam sobre mim as últimas linhas, escritas na noite do granizo! Por acaso eu não estava à beira da loucura? Não, não, não vou falar aqui de loucura. A palavra loucura não deve sequer ser mencionada. Eles seriam capazes de usá-la contra mim, caso estas páginas caíssem em suas mãos. Elas já não estão endereçadas a ninguém. Será preciso destruí-las quando eu piorar... A não ser que as legue a esse filho desconhecido que vim procurar em Paris. Estava ansioso para revelar a existência dele a Isa, nas páginas em que aludia a meus casos amorosos de 1909, quando a ponto de confessar que minha amante tinha ido embora grávida, para se esconder em Paris...

Achei que estava sendo generoso por enviar à mãe e ao filho seis mil francos por ano, antes da guerra. Nunca me ocorreu a ideia de aumentar essa quantia. É culpa minha se encontrei aqui dois seres rebaixados, diminuídos por trabalhos vis. Com o pretexto de que eles moram neste bairro, estou alojado numa pensão da rua Bréa. Entre a cama e o armário, mal encontro espaço para me sentar e escrever. Além disso, que algazarra! No meu tempo, Montparnasse era tranquilo. Agora parece habitado por loucos que nunca dormem. Minha família fazia menos barulho no alpendre de Calèse, à noite, quando vi com meus olhos, quando ouvi com meus ouvidos... De que serve voltar a esse assunto? No entanto, seria um desafogo fixar essa lembrança atroz, ainda que por pouco tempo... Aliás, por que destruir estas páginas? Meu filho, meu herdeiro, tem o direito de me conhecer. Por meio desta confissão, eu corregiria, pelo menos um pouco, a distância em que o mantive desde que nasceu.

Infelizmente, bastaram-me dois encontros para julgá-lo. Não é homem de encontrar o menor interesse nestes escritos. O que poderá entender disto esse burocrata, esse subalterno, esse estúpido que aposta em corridas de cavalo?

Durante a viagem noturna entre Bordeaux e Paris, eu vinha imaginando as incriminações que ele me faria e preparava minha defesa. Como nos deixamos influenciar pelos clichês do romance e do teatro! Eu não duvidava de que teria diante de mim o filho natural cheio de amargura e grandeza de alma! Ora eu lhe atribuía a dura nobreza de Luc, ora a beleza de Phili. Tinha previsto tudo, menos que ele se pareceria comigo. Por acaso existem pais que ficam felizes quando lhes dizem: "Seu filho se parece com você"?

Aquilatei o ódio que sinto por mim mesmo quando vi aquele espetro de mim. Amei, em Luc, um filho que não se parecia comigo. Apenas em um ponto Robert é diferente de mim: não foi capaz de passar em nenhum exame. Precisou desistir, depois de repetidos fracassos. A mãe, que se esfalfou por ele, despreza-o por isso. Não consegue deixar de aludir o tempo todo a esse fato; ele abaixa a cabeça, não se conforma com tanto dinheiro perdido. Nisso, em compensação, ele é bem meu filho. Mas o que estou lhe trazendo, essa fortuna, vai muito além de sua mísera imaginação. Não representa nada para ele, que não acredita nela. Para dizer a verdade, a mãe e ele têm medo: "Não é legal... podemos ser apanhados..."

Essa mulher gorda e pálida, de cabelos descoloridos, essa caricatura do que amei, fixa em mim seus olhos ainda muito bonitos: "Se o encontrasse na rua", diz ela, "não reconheceria..." E eu a reconheceria? Eu temia seu rancor, suas represálias. Temia tudo, menos essa indiferença desenxabida. Exasperada, extenuada por oito horas diárias na máquina de escrever, ela teme complicações. Conservou uma desconfiança doentia em relação à justiça, com a qual teve problemas no passado. No entanto, eu lhe expliquei bem a manobra: Robert contrata um cofre em seu nome num estabelecimento de crédito; eu transfiro minha fortuna para lá. Ele me passa uma procuração para abri-lo e se compromete a não tocar em nada até meu falecimento. Evidentemente, exijo que ele assine uma declaração na qual reconhece que tudo o que está contido no cofre me pertence. Apesar de tudo, não posso me pôr nas mãos desse desconhecido. A mãe e o filho objetam que, quando eu morrer, esse papel será encontrado. Os idiotas não querem confiar em mim.

Tentei fazê-los entender que se pode confiar num advogado assistente de interior, como Bourru, que me deve tudo, com quem faço negócios há quarenta anos. Ele é depositário de um envelope no qual escrevi: "Deve ser queimado quando eu morrer", e será queimado, tenho certeza, com tudo o que contém. É lá que vou pôr a declaração de Robert. Tenho absoluta certeza de que Bourru o queimará porque naquele envelope selado se encontram papéis aos quais é de seu interesse dar sumiço.

Mas Robert e a mãe receiam que, depois de minha morte, Bourru não queime nada e os chantageie. Pensei nisso também: eu poria nas mãos deles o suficiente para mandar o referido Bourru às galés, caso ele dê um passo em falso. O papel será queimado por Bourru na frente deles, e só então eles lhe devolverão as armas que lhes forneci. O que mais eles querem?

Não entendem nada e ficam aí, embirrando, uma idiota e um imbecil; eu lhes trago milhões, e eles, em vez de caírem a meus pés, como eu imaginava, ficam discutindo, contestando... E, mesmo que houvesse algum risco, a recompensa vale a pena. Que nada, eles não querem assinar papel nenhum: "Já vai ser bem complicado para a declaração de renda... vamos ter dor de cabeça..."

Ah! Só posso mesmo odiar muito os outros, para não bater a porta na cara desses dois aí! Dos "outros" eles também têm medo: "Vão descobrir a malandragem... vão processar a gente..." Robert e a mãe já imaginam que minha família avisou a polícia, que estou sendo vigiado. Só concordam em se encontrar comigo à noite ou em bairros afastados. Como se, com a saúde que tenho, eu pudesse ficar acordado, passar a vida em táxis! Não acredito que os outros estejam desconfiados: não é a primeira vez que viajo sozinho. Eles não têm nenhum motivo para achar que na outra noite, em Calèse, eu assistia, sem ser visto, a seu conselho de guerra. Em todo caso, eles ainda não me descobriram. Desta vez, nada me impedirá de alcançar meu objetivo. A partir do dia em que Robert concordar com o negócio, poderei dormir tranquilo. Esse covarde não vai cometer nenhuma imprudência.

Nesta noite, 13 de julho, uma orquestra está tocando ao ar livre; no fim da rua Bréa, há casais dançando. Ó sossego de Calèse! Lembro-me da última noite que passei lá: apesar da proibição do médico, eu tinha tomado um comprimido de Veronal e adormecido profundamente. Acordei sobressaltado e olhei o relógio. Era uma hora da madrugada. Assustou-me ouvir várias vozes: minha janela tinha ficado aberta; não havia ninguém no pátio, nem na sala de estar. Fui para o banheiro que dá para o norte, do lado do alpendre. Era lá que a família, contrariando o hábito, tinha ficado até tarde. Naquela hora avançada, não desconfiavam de ninguém: somente as janelas dos banheiros e do corredor dão para aquele lado.

A noite estava calma e quente. Nos intervalos de silêncio, eu ouvia a respiração um tanto curta de Isa, um estalido de fósforo. Nenhuma brisa movia os olmos negros. Eu não ousava me debruçar, mas reconhecia cada inimigo pela voz, pelo riso. Não discutiam. Uma reflexão de Isa ou de Geneviève era seguida por longo silêncio. Depois, de repente, Hubert dizia alguma coisa, Phili se acalorava, e eles falavam todos ao mesmo tempo.

— Tem certeza, mamãe, que no cofre-forte do escritório dele só há papéis sem valor? Os avaros sempre são imprudentes. Lembra-se daquele ouro que ele queria dar para o Luc... Onde o escondia?

— Ele sabe que eu conheço o código do cofre, que é *Marie*. Ele só abre quando precisa consultar alguma apólice de seguro, algum formulário de imposto.

— Mas, mamãe, um formulário poderia revelar valores que ele esconde.

— Os papéis que estão lá só se referem aos imóveis, eu já verifiquei.

— Isso é terrivelmente significativo, não acha? Percebe-se que ele tomou todas as precauções.

Phili, bocejando, murmurou:

— Não é possível! Que crocodilo! Que sorte a minha topar com um crocodilo desse.

— E, se querem minha opinião – disse Geneviève –, também não vão encontrar nada no cofre do Crédit Lyonnais... O que você acha, Janine?

— Mas, afinal, mamãe, às vezes parece que ele gosta um pouco de você. Quando vocês eram pequenos, ele não demonstrava afeto às vezes? Não? Vocês não souberam lidar com ele, não tiveram jeito. Era preciso tentar envolvê-lo, conquistá-lo. Eu teria conseguido, tenho certeza, se ele não detestasse tanto o Phili.

Hubert interrompeu a sobrinha com azedume:

— É verdade que a impertinência do seu marido vai nos custar caro...

Ouvi Phili rir. Inclinei-me um pouco. A chama de um isqueiro iluminou por um instante suas mãos unidas, seu queixo carnudo, seus lábios grossos.

— O que é isso! Ele não me esperou chegar para ter horror a vocês.

— Não, antigamente ele nos detestava menos...

— Lembrem-se do que a vovó contou – continuou Phili. – Da atitude dele quando perdeu uma filhinha... Tinha jeito de nem estar ligando... Nunca pôs os pés no cemitério...

— Não, Phili, vocês estão indo longe demais. Se há alguém que ele amou no mundo, foi Marie.

Não fosse esse protesto de Isa, proferido em voz fraca e trêmula, eu não teria conseguido me conter. Sentei-me numa cadeira baixa, com o corpo inclinado para a frente, a cabeça contra o parapeito da janela, Geneviève disse:

— Se Marie não tivesse morrido, nada disso teria acontecido. Ele só poderia favorecê-la...

— O que é isso! Ele teria pegado ojeriza por ela, como com os outros. É um monstro. Não tem sentimentos humanos...

Isa protestou de novo:

— Faça o favor, Phili, de não tratar assim o meu marido na minha frente e na dos meus filhos. Você lhe deve respeito.

— Respeito? Respeito?

Tive a impressão de entender o que ele murmurava:

— Se a senhora acredita que estou achando divertido ter entrado numa família como esta...

A sogra lhe disse secamente:

— Ninguém o obrigou.

— Mas me acenaram com esplêndidas esperanças... Pronto! Olha só, Janine está chorando. O que é? O que foi que eu disse de estranho?

Ele grunhia *"oh! la! la!"* com exasperação. Eu não ouvi mais nada, só Janine assoando o nariz. Uma voz que não pude identificar murmurou: "Quanta estrela!" O relógio da igreja de Saint-Vincent soou duas horas.

— Meus filhos, está na hora de dormir.

Hubert reclamou, dizendo que não podiam se separar sem nenhuma decisão. Estava mais do que na hora de agir. Phili concordou. Achava que eu não duraria muito tempo. Depois, não daria para fazer mais nada. Todas as minhas medidas estariam tomadas...

— Mas, afinal, meus queridos filhos, o que esperam de mim? Já tentei de tudo. Não posso fazer mais nada.

— Pode! – disse Hubert. – Pode perfeitamente...

O que ele sussurrava? O que eu tinha mais interesse em saber me escapava. Pelo tom de Isa, concluí que ela estava chocada, escandalizada:

— Não, não, não estou gostando nada disso.

— A questão não é saber o que você prefere, mamãe, mas salvar nosso patrimônio.

Mais alguns murmúrios indistintos, cortados por Isa:

— É bem difícil, meu filho.

— Mas, vovó, a senhora não pode continuar sendo cúmplice dele por muito tempo mais. Ele só nos deserda com sua permissão. Seu silêncio é consentimento.

— Janine, minha querida, como você ousa...

Pobre Isa, que tinha passado tantas noites à cabeceira daquela menina chorona, que a levara para seu quarto porque os pais queriam dormir e nenhuma babá a suportava... Janine falava seco, num tom que teria sido suficiente para me fazer perder as estribeiras. E acrescentou:

— Para mim é penoso ter de lhe dizer essas coisas, vovó. Mas é meu dever.

Seu dever! Ela dava esse nome à exigência de sua carne, ao terror de ser abandonada por aquele cafajeste cuja risada idiota eu estava ouvindo...

Geneviève concordou com a filha: sem dúvida, a fraqueza podia se tornar cumplicidade. Isa suspirou:

— Meus filhos, talvez fosse mais fácil lhe escrever.

— Ah! Não! Nada de carta, de jeito nenhum! – protestou Hubert. – São sempre as cartas que nos arruínam. Mamãe, espero que você não lhe tenha escrito já.

Ela confessou que me escrevera duas ou três vezes.

— Mas não cartas com ameaças ou ofensas?

Isa resistia a confessar. Eu, por minha vez, ria... Sim, sim, ela me escrevera, cartas que eu guardava como tesouros, duas que contêm graves ofensas e uma terceira quase afetuosa, capaz de levá-la a perder todas as ações de separação que os imbecis dos seus filhos pudessem convencê-la a impetrar contra mim. Todos agora estavam preocupados, como quando um cachorro grunhe e o restante da matilha começa a rosnar.

— A senhora não lhe escreveu, não é, vovó? Ele não tem nenhuma carta perigosa para nós, não é?

— Não, acho que não... Quer dizer, só uma vez, Bourru, aquele advogadozinho de Saint-Vincent, que o meu marido deve controlar de alguma maneira, me disse choroso (mas ele é um canalha, um hipócrita), ele disse: "Ah! Minha senhora, foi muita imprudência de sua parte escrever-lhe..."

— O que você escreveu? Nada de insultos, espero?

— Uma vez, críticas um bocado violentas demais depois da morte de Marie. E outra vez, em 1909: ele tinha uma relação mais séria que as outras.

E, como Hubert resmungava "é muito grave, é grave demais...", ela achou que o tranquilizaria, afirmando que depois tinha posto as coisas no lugar, que tinha dito que se arrependia, reconhecia seus erros.

— Ah! Essa agora! Mas é o cúmulo...

— Então ele não tem mais o que temer de uma ação de separação...

— Mas, afinal, que provas vocês têm de que as intenções dele são tão maléficas?

— Pois bem! Só um cego não vê: o mistério impenetrável das operações financeiras dele; as alusões que ele faz; a frase que Bourru soltou na frente de uma testemunha: "Quero ver a cara deles quando o velho morrer..."

Estavam discutindo como se a velha senhora não estivesse presente. Ela se levantou da poltrona gemendo. Dizia que ficar sentada fora, com seus reumatismos, era um erro. Os filhos nem sequer responderam. Ouvi os vagos "boas-noites" que lhe davam sem se interromperem. Era ela que precisava fazer o giro da roda, dando beijos. Eles não se mexiam. Fui me deitar, por cautela. Seus passos pesados ressoavam na escada. Ela foi até minha porta, ouvi seu resfolegar. Pôs a vela no chão e abriu. Estava bem perto de minha cama. Inclinou-se sobre mim, provavelmente para ter certeza de que eu estava dormindo. Como foi longo o tempo que ficou! Eu temia me trair. O ritmo de sua respiração era curto. Por fim fechou a porta. Depois que trancou a sua, voltei ao banheiro, a meu posto de escuta.

Nossos filhos ainda estavam lá. Falavam em voz baixa agora. Muitas palavras me escapavam.

— Ele não era do meio dela – dizia Janine. – Também houve isso. Phili, meu bem, você está tossindo. Vista o sobretudo.

— No fundo, não é a mulher que ele detesta mais, somos nós. Que coisa inimaginável! A gente não vê isso nem nos livros. Não nos cabe julgar nossa mãe – concluiu Geneviève –, mas eu acho que a minha mãe não tem lá muita raiva dele...

— Pelo amor de Deus! – Era a voz de Phili. – Ela sempre vai poder reaver o dote. As ações do Canal de Suez do velho Fondaudège... devem ter subido muito desde 1884...

— As ações do canal de Suez! Elas foram vendidas...

Reconheci as hesitações, o tartamudeio do marido de Geneviève; pobre Alfred, ainda não havia proferido uma palavra. Geneviève, com aquele seu tom ácido, estridente, que reserva para falar com ele, interrompeu:

— Está louco? As Suez vendidas?

Alfred contou que, no mês de maio, tinha entrado na casa da sogra no momento em que ela assinava uns papéis, e que ela lhe dissera: "Parece que está na hora de vendê-las, estão valorizadas, vão baixar."

— E você não nos avisou? – gritou Geneviève. – Mas você é um perfeito idiota. Ele a mandou vender aquelas ações? E você diz isso como se fosse a coisa mais normal do mundo...

— Mas, Geneviève, eu achava que a sua mãe tinha posto vocês a par. Uma vez que que ela está casada pelo regime dotal...

— Sim, mas será que ele não embolsou o lucro da operação? O que você acha, Hubert? E pensar que ele não nos avisou! E eu passei toda a minha vida com esse homem...

Janine interveio, pedindo que falassem mais baixo: eles iam acordar sua filhinha. Durante alguns minutos, não distingui mais nada. Depois a voz de Hubert se destacou de novo:

— Estou pensando naquilo que vocês estavam dizendo há pouco. Com a minha mãe, não poderíamos tentar nada nesse sentido. Ou pelo menos seria preciso prepará-la aos poucos...

— Talvez ela prefira isso à separação. Uma vez que a separação acaba necessariamente no divórcio, há aí um problema de consciência... É claro que o que Phili propôs é chocante à primeira vista. Mas, ora, não seríamos nós os juízes. Não somos nós que decidiríamos, em última instância. Nosso papel consiste em provocar a coisa, que só ocorreria se fosse considerada necessária pelas autoridades competentes.

— E eu repito que seria um furo n'água – declarou Olympe.

A mulher de Hubert só podia estar indignada para elevar assim a voz. Afirmou que eu era um homem ponderado, de grande sensatez, e acrescentou: "E devo dizer que muitas vezes concordo com ele, é pessoa que eu faria mudar da água para o vinho se vocês não estragassem a minha obra..."

Não ouvi a insolência que Phili deve ter respondido; mas todos riram, como riem toda vez que Olympe abre a boca. Captei pedaços de frases:

— Faz cinco anos que ele não advoga, que não pode advogar.

— Por causa do coração!

— Sim, agora. Mas, quando saiu do Palácio de Justiça, ele ainda não estava muito doente. A verdade é que ele tinha desavenças com colegas. Houve brigas no saguão, e eu já colhi testemunhos...

Foi inútil aplicar o ouvido. Phili e Hubert tinham aproximado suas cadeiras. Só ouvi um murmúrio indistinto, depois aquela exclamação de Olympe:

— Que que é isso! O único homem aqui com quem eu posso falar de minhas leituras, trocar ideias gerais, vocês vão querer...

Da resposta de Phili captei palavra "maluca". Um genro de Hubert, que quase nunca fala, disse com voz estrangulada:

— Faça o favor de ser educado com a minha sogra.

Phili protestou, dizendo que estava brincando. Por acaso os dois não eram vítimas naquele negócio? Quando o genro de Hubert afirmou, com voz trêmula, que não se considerava vítima, que tinha se casado com sua mulher por amor, todos responderam em coro: "Eu também! Eu também! Eu também!" Geneviève disse com ironia ao marido:

— Ah! Você também! Você se gaba de ter se casado comigo sem conhecer a fortuna de meu pai? Mas não se esqueça daquela noite do nosso noivado, quando você me cochichou: "Qual o problema de ele não querer dizer nada a respeito? Nós sabemos que ela é enorme!"

Foi uma risada geral; uma algazarra. Hubert elevou de novo a voz, falou sozinho alguns instantes. Só ouvi a última frase:

— É uma questão de justiça, uma questão de moral que está acima de tudo. Nós defendemos o patrimônio, os direitos sagrados da família.

No silêncio profundo que precede a aurora, suas frases chegavam mais distintas até mim.

— Mandar segui-lo? Ele tem muitos contatos na polícia, tive a prova disso; seria avisado... –

E alguns instantes depois: – Todos conhecem a dureza, a rapacidade dele; não se pode esquecer que a correção dele foi posta em dúvida em dois ou três casos. Mas em relação ao bom senso, ao equilíbrio...

— Em todo caso, não se pode negar a desumanidade, a monstruosidade, os sentimentos antinaturais dele para conosco...

— Se você acha, querida Janine, que isso basta para basear um diagnóstico – disse Alfred à filha.

Eu estava entendendo, eu tinha entendido. Fui tomado por grande calma, por um apaziguamento nascido de uma certeza: eram eles os monstros, e eu, a vítima. A ausência de Isa me deixava contente. Ela tinha protestado até certo ponto, enquanto estava lá; na frente dela, eles não teriam ousado aludir àqueles projetos que eu acabava de descobrir, que, aliás, não me amedrontavam. Pobres imbecis! Como se eu fosse homem de se deixar interditar ou trancafiar! Antes que eles conseguissem mexer um dedinho, eu já teria dado um jeito de pôr Hubert em situação desesperadora. Ele não desconfia que o tenho nas mãos. Quanto a Phili, tenho um dossiê... Nunca me passara pela cabeça que precisaria usá-lo. Mas não vou usá-lo: bastará mostrar os dentes.

Pela primeira vez na vida eu sentia a satisfação de ser o menos ruim. Não tinha vontade de me vingar deles. Ou pelo menos só queria a vingança de lhes arrebatar aquela herança pela qual eles ferviam de impaciência, suavam de angústia.

— Uma estrela cadente!... – gritou Phili. – Não tive tempo de fazer um pedido.

— A gente nunca tem tempo! – disse Janine.

O marido respondeu, com aquela alegria infantil que ele conservava:

— Quando você vir uma, grite: "Milhões!"

— Que idiota esse Phili!

Todos se levantaram. As cadeiras de jardim rasparam o cascalho. Ouvi o barulho dos trincos da entrada, risadas abafadas de Janine no corredor. As portas dos quartos se fecharam uma a uma. Eu tinha tomado uma decisão. Fazia dois meses que não tinha nenhuma crise. Nada me impedia de ir a Paris. Em geral, eu viajava sem avisar. Mas não queria que aquela partida se parecesse com uma fuga. Até amanhecer, refiz meus planos de tempos antes. Deixei tudo pronto.

XIII

NÃO SENTIA NENHUM cansaço quando me levantei ao meio-dia. Bourru, a quem telefonei, veio depois do almoço. Andamos de lá para cá, durante cerca de 45 minutos, debaixo das tílias. Isa, Geneviève e Janine nos observavam de longe, e eu gozava com a angústia delas. Que pena os homens estarem em Bordeaux! Eles dizem sobre o velho advogado assistente: "Bourru é o anjo mau dele." Pobre Bourru, que eu trago no cabresto mais do que a um escravo! Era de se ver, naquela manhã, o desespero do coitado para que eu não entregasse as armas contra ele a meu herdeiro eventual... Eu lhe dizia: "Mas ele vai se desfazer de tudo, assim que você queimar a declaração assinada por ele..."

Ao ir embora, fez profunda mesura para as senhoras, que mal responderam, e montou desengonçado em sua bicicleta. Aproximei-me das três mulheres e anunciei que partia para Paris naquela noite mesmo. Quando Isa protestou, dizendo que era imprudente viajar sozinho em meu estado, eu respondi:

— Preciso cuidar de minhas aplicações. Embora não pareça, estou pensando em vocês.

Elas me observavam com ansiedade. Meu tom irônico me traía. Janine olhou para mãe e, criando coragem:

— A vovó ou o tio Hubert poderiam ir em seu lugar, vovô.

— É uma ideia, menina... Que boa ideia! Mas, veja só, estou acostumado a fazer tudo sozinho. Além disso, é ruim, eu sei, mas não confio em ninguém.

— Nem nos seus filhos? Ah! Vovô!

Ela acentuava o "vovô" de maneira um tanto afetada. Assumia um ar afetuoso, irresistível. Ah! Sua voz exasperante, aquela voz que eu tinha ouvido, na madrugada, misturada às outras... Então comecei a rir, com aquele riso perigoso que me faz tossir, e estava claro que as aterrorizava. Nunca vou esquecer aquele pobre rosto de Isa, sua expressão extenuada. Ela já devia ter sofrido várias investidas. Janine provavelmente voltaria à carga, assim que eu virasse as costas: "Não o deixe partir, vovó..."

Mas minha mulher não tinha condições de ataque, não aguentava mais, estava sem forças, morta de canseira. Uns dias antes, eu a ouvira dizer a Geneviève: "Gostaria de me deitar, dormir, nunca mais acordar..."

Ela me comovia, agora, como minha saudosa mãe me comovera. Os filhos incitavam contra mim aquela velha máquina desgastada, incapaz de servir. Sem dúvida a amavam à sua maneira; obrigavam-na a consultar o médico, a seguir dietas. Quando a filha e a neta se afastaram, ela se aproximou de mim:

— Escute – disse bem depressa –, estou precisando de dinheiro.

— Estamos no dia 10. Eu lhe dei a mesada no dia 1º.

— Sim, mas precisei emprestar dinheiro a Janine: eles estão muito apertados. Em Calèse tenho economias; eu lhe devolvo na mesada de agosto...

Respondi que não tinha nada com aquilo, que eu não era obrigado a sustentar o tal Phili.

— Estou devendo para o açougueiro, para o merceeiro... Olhe aqui.

Tirou as notas da bolsa. Senti dó dela. Ofereci alguns cheques, "assim, eu estaria seguro de que o dinheiro não iria para outro lugar..." Ela concordou.

Peguei o talão de cheques e notei que, do roseiral, éramos observados por Janine e a mãe.

— Tenho certeza de que elas imaginam que você está falando comigo sobre outra coisa...

Isa estremeceu. Perguntou em voz baixa: "Sobre o quê?" Nesse momento, senti aquele aperto no peito. Com as duas mãos encolhidas, fiz o gesto que ela conhecia bem. Ela se aproximou:

— Está se sentindo mal?

Agarrei-me por um instante a seu braço. No meio das tílias, nós dois parecíamos dois esposos em fim de vida, depois de anos de profunda união. Murmurei em voz baixa: "Melhorou." Ela devia estar achando que era hora de falar, que aquela era uma oportunidade única. Mas já não tinha forças. Notei que ela, também, estava sem fôlego. Por mais doente que estivesse, eu tinha lutado. Ela se entregara, se rendera; não lhe restava mais nada de seu.

Ela procurava o que dizer, voltava os olhos, disfarçadamente, para o lado da filha e da neta, tentando criar coragem. Em seu olhar erguido para mim, eu percebia um abatimento indescritível, talvez piedade e com certeza um pouco de vergonha. Naquela noite, os filhos deviam tê-la magoado.

— Fico preocupada por você viajar sozinho.

Eu lhe respondi que, se algo de ruim me acontecesse durante a viagem, não valeria a pena me transportar até aqui.

E, como ela me rogava que não fizesse alusão a essas coisas, acrescentei:

— Seria um gasto inútil, Isa. A terra dos cemitérios é a mesma em todo lugar.

— Penso como você – disse ela suspirando. – Que *eles* me ponham onde quiserem. Antigamente, eu queria tanto descansar perto de Marie... mas o que sobrou de Marie?

Também dessa vez, percebi que, para ela, sua pequena Marie era aquela poeira, aquela ossada. Não ousei retrucar que eu, ao contrário, havia anos sentia minha menina viva, que a respirava; que ela atravessava com frequência a minha vida tenebrosa, com um sopro repentino.

Em vão Geneviève e Janine espreitavam, Isa parecia exausta. Acaso ela aquilataria a nulidade daquilo pelo que lutava havia tantos anos? Geneviève e Hubert, instigados por seus próprios filhos, punham contra mim aquela mulher idosa, Isa Fondaudège, a jovem perfumada das noites de Bagnères.

Fazia quase meio século que nos defrontávamos. E eis que, naquela tarde pesada, os dois adversários sentiam o vínculo que, apesar de tão longa luta, é criado pela cumplicidade da velhice. Parecendo odiar-nos um ao outro, tínhamos chegado ao mesmo ponto. Não havia nada, não havia mais nada além daquele promontório onde estávamos à espera da morte. Para mim, pelo menos. Para ela, restava seu Deus; seu Deus devia restar-lhe. Tudo aquilo a que ela se apegara ferozmente, assim como eu, faltava-lhe de repente: todas aquelas cobiças que se interpunham entre ela e o Ser infinito. Acaso ela estaria vendo agora Aquele do qual nada mais a separava? Não, restavam-lhe as ambições, as exigências dos filhos. Ela estava sobrecarregada dos desejos deles. Precisava recomeçar a ser dura por procuração. Preocupações com dinheiro, saúde, cálculos da ambição e do ciúme, tudo estava lá, diante dela, como aqueles deveres escolares em que o professor escreveu: *refazer.*

Ela voltou de novo os olhos para o roseiral, onde Geneviève e Janine, munidas de tesouras, fingiam podar as roseiras. Do banco no qual eu me sentara para ganhar fôlego, olhava minha mulher afastar-se, de cabeça baixa, como uma criança que vai ser repreendida. O sol, quente demais, prenunciava tempestade. Ela avançava com os passos **de** quem sente que andar é um sofrimento. Eu tinha a impressão de ouvi-la gemer: "Ah! minhas pernas!" Dois velhos esposos nunca se detestam tanto quanto imaginam.

Ela se juntara às duas que, evidentemente, lhe passavam uma descompostura. De repente, eu a vi voltar em minha direção, vermelha, ofegante. Sentou-se a meu lado e gemeu:

— Esse tempo de tempestades me deixa cansada, minha pressão sobe nesses dias... Escute, Louis, uma coisa está me preocupando... As ações do Canal de Suez de meu dote, como você aplicou? Eu sei bem que você me pediu para assinar outros papéis...

Eu lhe indiquei o valor do enorme lucro que havia obtido para ela, na véspera da queda das ações. Expliquei o investimento que fizera desse valor em obrigações:

— Seu dote deu cria, Isa. Mesmo levando em conta a depreciação do franco, você vai ficar maravilhada. Tudo está em seu nome, em Westminster, seu dote inicial e os lucros... Os filhos não terão nada a ver com isso... pode ficar sossegada. Sou senhor do meu dinheiro e daquilo que meu dinheiro produziu, mas o que vem de você é seu. Vá tranquilizar aqueles anjos desinteressados que estão ali.

Ela agarrou meu braço abruptamente:

— Por que você os detesta, Louis, por que odeia a sua família?

— São vocês que me odeiam, ou melhor, meus filhos me odeiam. Você... você me ignora, a não ser quando fica com raiva ou com medo de mim...

— Poderia acrescentar: "Quando é torturada por mim..." Acha que não sofri no passado?

— O que é isso! Você só via os filhos...

— Eu só podia me apegar a eles. O que me restava além deles? – E, com voz mais baixa: – Você me deixou de lado e me enganou desde o primeiro ano, sabe muito bem disso.

— Minha pobre Isa, não está querendo que eu acredite que as minhas escapadas a afetaram muito... No amor-próprio de mulher jovem, talvez...

Ela riu com amargura:

— Você parece sincero! Quando penso que nem sequer percebeu...

Estremeci de esperança. É estranho dizer, pois se tratava de sentimentos idos, findos. A expectativa de ter sido amado, quarenta anos antes, sem saber... Que nada, eu não acreditava...

— Você não disse uma palavra, não fez uma queixa... Os filhos lhe bastavam.

Ela escondeu o rosto nas mãos. Eu nunca havia notado, como naquele dia, as veias grossas, as manchas de suas mãos.

— Meus filhos! Quando penso que, a partir do dia em que nos separamos de quarto, não levei nenhum para dormir comigo, durante anos, mesmo quando estavam doentes, porque esperava, continuava tendo a esperança de que você fosse lá.

Sobre suas velhas mãos corriam lágrimas. Era Isa; só eu podia reencontrar ainda, naquela mulher pesada e quase inválida, a moça votada ao branco, do caminho do vale de Lys.

— É vergonhoso e ridículo na minha idade ficar lembrando essas coisas... Sim, principalmente ridículo. Desculpe, Louis.

Eu olhava as vinhas, sem responder. Tive uma dúvida, naquele minuto. Será possível, durante quase meio século, só observar um único lado da criatura que convive conosco? Será que fazemos, por hábito, uma seleção de suas palavras e de suas ações, só considerando o que alimenta nossas recriminações e sustenta nossos ressentimentos? Tendência fatal a simplificar os outros; eliminação de todos os traços que abrandariam a caricatura e tornariam mais humana a paródia de que nosso ódio precisa para se justificar... Talvez Isa tenha visto minha perturbação. Procurou depressa demais tirar proveito.

— Você não viaja esta noite?

Acreditei discernir aquele brilho que seus olhos tinham quando ela achava que havia "me pegado". Fingi surpresa e respondi que não tinha nenhum motivo para adiar aquela viagem. Voltamos juntos para a casa. Por causa de meu coração, não pegamos a subida dos carpinos e seguimos pela plantação de tílias que contorna a casa. Apesar de tudo, eu continuava vacilante e perturbado. E se não viajasse? E se entregasse este caderno a Isa? E se... Ela apoiou a mão em meu ombro. Há quantos anos não fazia esse gesto? O caminho desemboca na frente da casa, do lado norte. Isa disse:

— Cazau nunca arruma as cadeiras de jardim...

Olhei distraidamente. As cadeiras vazias ainda formavam um círculo estreito. Os que as haviam ocupado tinham sentido necessidade de aprochegar-se para conversar em voz baixa. A terra estava marcada pelos saltos dos sapatos. Por todo lado, pontas de cigarros fumados por Phili. O inimigo tinha acampado ali, naquela noite; havia se reunido em conselho sob as estrelas. Aqui, em minha casa, diante das árvores plantadas por meu pai, tinha falado de minha interdição ou internação. Numa noite de humildade, comparei meu coração a um nó de víboras. Não, não: o nó de víboras está fora de mim; elas saíram de mim e, à noite, enroscavam-se, formavam aquele círculo hediondo diante das escadas de entrada, e a terra ainda contém seus rastros.

Você vai reaver seu dinheiro, Isa, pensava eu, o seu dinheiro que eu fiz frutificar. Mas só isso, nenhuma coisa mais. E mesmo essas propriedades eu vou encontrar o jeito de não ficar com eles. Vou vender Calèse; vou vender as terras incultas. Tudo o que vem de minha família irá para esse filho desconhecido, para esse rapaz com quem, já amanhã, tenho encontro marcado. Seja ele quem for, não os conhece; não participou de suas conspirações, foi criado longe de mim e não pode me odiar; ou, se me odiar, o alvo de seu ódio é um ser abstrato, sem relação comigo...

Soltei-me com raiva e subi depressa os degraus da entrada, esquecido de meu velho coração doente. Isa gritou: "Louis!" Eu nem me virei.

XIV

COMO NÃO CONSEGUIA dormir, vesti-me e saí à rua. Para chegar ao bulevar Montparnasse, precisei abrir caminho entre os casais que dançavam. Antigamente, mesmo um republicano da gema como eu, fugia das festas do 14 de julho. Nenhum homem sério teria a ideia de se meter nos prazeres da rua. Nesta noite, na rua Bréa, diante de La Rotonde, não são malandros que dançam. Nada de impróprio: rapazes vigorosos, sem chapéu; alguns usam camisa aberta de mangas curtas. Entre as dançarinas, pouquíssimas jovens. Eles se agarram às rodas dos táxis que interrompem sua brincadeira, mas com gentileza e bom humor. Um rapaz, que tinha esbarrado em mim sem querer, gritou: "Abram alas para o nobre senhor!" Passei entre uma fila dupla de rostos radiantes. "Está sem sono, vovô?", lançou um rapaz moreno, de testa curta. Luc teria aprendido a rir como eles e a dançar na rua; e eu, que nunca soube o que era relaxamento e diversão, teria aprendido com meu saudoso menino. Ele teria sido o mais bem aquinhoado de todos; não lhe teria faltado dinheiro... Mas seu quinhão de terra é o que o cobre agora... Assim caminhavam meus pensamentos, enquanto, com o peito apertado pela angústia familiar, sentei-me a uma mesa da calçada de um café, rodeado por aquele júbilo.

E, de repente, no meio da multidão que passava entre as calçadas, vi-me a mim mesmo: era Robert, com um amigo de aspecto lastimável. As pernas compridas de Robert, o tórax curto como o meu, a cabeça enfiada nos ombros, tudo isso eu abomino. Nele, todos os meus defeitos estão acentuados. Tenho rosto comprido, mas a cara dele é equina, cara de corcunda. A voz dele também é de corcunda. Chamei-o. Ele largou o amigo e olhou ao redor, com ar preocupado.

— Aqui não – disse. – Vá me encontrar na calçada da direita, na rua Campagne-Première.

Eu observei que não podíamos estar mais escondidos do que no meio daquela turba. Ele se convenceu, despediu-se do amigo e sentou-se à minha mesa.

Na mão, tinha um jornal de esportes. Para preencher o silêncio, tentei falar de cavalos. O velho Fondaudège, antigamente, tinha me acostumado ao assunto. Contei a Robert que meu sogro, quando jogava, baseava a escolha nas considerações mais diversas; não só as origens distantes do cavalo, mas também a natureza do terreno que ele preferia... Robert me interrompeu:

— Eu pego os palpites no Dermas. – Era a loja de tecidos da rua Petits-Champs, onde ele trabalhava.

Aliás, o que lhe interessava era ganhar. Os cavalos em si o enfadavam.

— Gosto é de ciclismo – acrescentou.

E seus olhos brilharam.

— Logo vai ser de automobilismo... – disse eu.

— Imagine!

Lambeu o polegar, pegou um papel de cigarro, enrolou o fumo. E, de novo, o silêncio. Perguntei se a crise financeira estava sendo sentida na firma onde ele trabalhava. Ele respondeu que tinham demitido uma parte do pessoal, mas ele não corria perigo. Suas reflexões nunca saíam do círculo mais estreito das conveniências pessoais. Portanto, seria no colo daquele néscio que iam se despejar milhões de francos. E se eu os desse a obras de caridade, pensei, se os distribuísse de mão em mão? Não, *eles* pediriam minha interdição... Por testamento? Impossível ultrapassar a quota-parte disponível. Ah! Luc, se você estivesse vivo... É verdade que ele não teria aceitado... mas eu encontraria o meio de enriquecê-lo sem que ele desconfiasse de que era eu... Por exemplo, dotando a mulher que ele tivesse escolhido...

— O senhor me diga uma coisa...

Robert acariciava-se a face com sua mão vermelha, de dedos grossos.

— Estive pensando: e se o advogado, o tal Bourru, morresse antes de a gente queimar o papel...

— Bom, o sucessor dele seria o filho. Se fosse o caso, a arma contra Bourru que deixarei com vocês serviria contra o filho dele.

Robert continuava acariciando-se a face. Não tentei falar mais. O aperto no peito, aquela contração atroz bastava para me deixar ocupado.

— O senhor me diga uma coisa... suponhamos... Bourru queima o papel; eu lhe devolvo o papel que o senhor me deu para ele ser obrigado a cumprir a promessa. Mas, depois disso, o que o impede de ir falar com a sua família e dizer a seus filhos: "Eu sei onde estão os cobres. Eu lhes vendo o meu segredo: quero tanto para dizer, e tanto, se vocês conseguirem..." Ele pode pedir que o nome dele não apareça... Nessa hora, ele não estaria arriscando mais nada: iam fazer uma investigação; iam descobrir que sou de fato seu filho, que a minha mãe e eu mudamos de nível de vida desde sua morte... E, de duas uma, ou a gente fez declarações corretas para o imposto de renda, ou sonegou...

Ele falava com clareza. Sua mente se desentorpecia. Lentamente, a máquina de raciocinar se pusera em funcionamento e não parava. O que continuava forte, naquele balconista, era o instinto camponês de previdência, desconfiança, horror ao risco, preocupação em não deixar nada ao acaso. Na certa preferiria receber cem mil francos na mão a ter de dissimular aquela enorme fortuna.

Esperei que meu coração se sentisse mais livre, que o aperto se afrouxasse:

— Há alguma verdade no que está dizendo. Bom, admito. Vocês não vão assinar nenhum papel. Confio em vocês. Aliás, eu sempre teria facilidade para provar que o dinheiro é meu. Isso já não tem nenhuma importância; dentro de seis meses, um ano no máximo, estarei morto.

Ele não fez nenhum gesto de protesto; não encontrou a palavra banal que qualquer um teria proferido. Não que fosse mais duro que outro rapaz de sua idade: ele simplesmente era mal-educado.

— Desse jeito, pode ser – disse.

Ficou ruminando suas ideias durante alguns minutos, depois acrescentou:

— Vou precisar ir ao cofre de vez em quando, mesmo enquanto o senhor estiver vivo... para conhecerem a minha cara, no banco. Vou buscar o dinheiro para o senhor...

— Na verdade – acrescentei –, tenho vários cofres no exterior. Se preferir, se achar mais seguro...

— Sair de Paris? Ah! Então está bem!

Observei que ele podia ficar em Paris e viajar quando fosse necessário. Ele perguntou se a fortuna era composta por títulos ou por dinheiro líquido e acrescentou:

— De qualquer modo, eu gostaria que o senhor me escrevesse uma carta para provar que, no pleno gozo das suas faculdades mentais, o senhor me lega livremente a sua fortuna... No caso de descobrirem o arranjo e eu ser acusado de roubo pelos outros, nunca se sabe. E também para eu ficar de consciência tranquila.

Ele se calou de novo, comprou amendoins e se pôs a comê-los com voracidade, como se tivesse fome; e, de repente:

— Mas, afinal, o que foi que eles fizeram, os outros?

— Pegue o que lhe está sendo oferecido e não faça mais perguntas – respondi secamente.

Um pouco de sangue coloriu suas faces pálidas. Lançou-me um sorriso melindrado, com o qual devia ter o costume de reagir às repreensões do chefe, e assim deixou à mostra dentes sãos e pontiagudos, a única formosura daquele rosto ingrato.

Ele descascava amendoins, sem dizer mais nada. Não parecia impressionado. Evidentemente, sua imaginação trabalhava. Eu tinha topado com o único ser capaz de só enxergar pequeníssimos riscos naquele prodigioso lance de sorte. Quis impressioná-lo a qualquer custo:

— Você tem namorada? – perguntei à queima-roupa. – Poderia se casar com ela e viverem como burgueses ricos.

Ele fazia um gesto vago, balançando a lastimável cabeça, então insisti:

— Aliás, pode se casar com quem quiser. Se conhecer alguma mulher que lhe pareça inacessível...

Ele aguçou os ouvidos, e, pela primeira vez, vi em seus olhos uma chama juvenil:

— Eu poderia me casar com a srta. Brugère!

— Quem é a srta. Brugère?

— Não, estava brincando; uma gerente da Dermas, imagine só! Uma mulher magnífica. Nem olha para mim; nem sabe que eu existo... Imagine só!

E, como eu lhe garantisse que, com a vigésima parte de sua fortuna, ele poderia se casar com qualquer "gerente" de Paris, ele repetia:

— A srta. Brugère! – Depois, dando de ombros: – Não! Imagine só...

Eu sentia dor no peito. Fiz um sinal para o garçom. Robert teve, então, uma atitude espantosa:

— Não, deixe estar: eu posso muito bem oferecer isso ao senhor.

Devolvi o dinheiro ao bolso com satisfação. Nós dois nos levantamos. Os músicos guardavam os instrumentos. As guirlandas de lâmpadas elétricas tinham sido apagadas. Robert já não precisava ter medo de ser visto comigo.

— Vou com o senhor – disse.

Pedi-lhe que andasse devagar, por causa do meu coração. Admirei o fato de ele não fazer nada para apressar a execução de nossos projetos. Disse-lhe que, se eu morresse naquela noite, ele perderia uma fortuna. Fez uma careta de indiferença. Em suma, eu havia desestabilizado aquele rapaz. Ele era mais ou menos da minha altura. Será que alguma vez teria aparência distinta? Parecia tão tacanho aquele meu filho, meu herdeiro! Tentei dar caráter mais íntimo à nossa conversa. Afirmei que não era sem remorsos que pensava no abandono em que os havia deixado, a ele e à mãe. Ele pareceu surpreso; achava "muito bonito" eu lhes ter garantido uma renda regular. "Muitos não teriam feito o mesmo." E acrescentou uma frase horrível: "Até porque o senhor não foi o primeiro..." Era evidente que julgava a mãe sem indulgência. Quando chegamos à frente de minha porta, ele disse de repente:

— Suponhamos... Eu pegaria um emprego que me obrigasse a frequentar a Bolsa... Isso explicaria a minha fortuna...

— Fique longe disso. Você perderia tudo – disse-lhe.

Ele olhava para a calçada com um ar preocupado: "Era por causa do imposto de renda; se o fiscal investigasse..."

— Mas se é dinheiro líquido, uma fortuna anônima, depositada em cofres que ninguém no mundo tem o direito de abrir, só você.

— Sim, claro, mas mesmo assim...

Fechei-lhe a porta na cara com irritação.

XV

Calèse.

ATRAVÉS DA VIDRAÇA na qual uma mosca se debate, olho as encostas entorpecidas. Zunindo, o vento vem puxando nuvens pesadas, e sua sombra vai deslizando pela planície. Esse silêncio de morte significa a expectativa universal da primeira troada. "As vinhas têm medo...", disse Marie, num triste dia de verão de trinta anos atrás, igual a este. Reabri este caderno. De fato, é minha caligrafia. Examino as letras bem de perto, a marca da unha de meu dedo mindinho debaixo das linhas. Irei até o fim deste relato. Agora sei a quem o destino, era preciso fazer aquela confissão; mas eu deveria retirar algumas páginas, pois a sua leitura estaria acima das forças dessas pessoas. Eu mesmo não consigo relê-las de um só jato. A todo instante, interrompo a leitura e escondo o rosto entre as mãos. Aí está o homem, aí está um homem entre os homens, aí estou eu. Vocês podem me execrar, nem por isso deixo de existir.

Naquela noite, entre 13 e 14 de julho, depois de me despedir de Robert, mal tive forças de me despir e me deitar na cama. Um peso enorme me asfixiava; e, apesar daquela asfixia, eu não morria. A janela estava aberta: se eu estivesse no quinto andar... mas, daquele primeiro andar, acho que não teria me matado, e só essa reflexão me deteve. Mal conseguia esticar o braço para pegar as pílulas que costumam me dar alívio.

Ao amanhecer, finalmente ouviram minha sineta. Um médico do bairro me aplicou uma injeção; voltei a respirar. Prescreveu imobilidade absoluta. A dor, quando excessiva, nos torna mais submissos que uma criancinha, e não havia a menor probabilidade de me movimentar. A fealdade e o mau cheiro daquele quarto, daqueles móveis, os ruídos daquele 14 de julho tempestuoso, nada disso me acabrunhava, pois a dor se acabara: era só o que eu pedia. Robert veio uma noite e não voltou a aparecer. Mas a mãe dele, quando saía do escritório, passava duas horas comigo, prestava-me alguns pequenos serviços e trazia-me a correspondência da posta-restante (nenhuma carta de minha família).

Eu não me queixava, era muito dócil, ingeria tudo o que mandavam. Ela mudava de assunto quando eu falava de nossos projetos. "Nada de pressa", repetia. Eu suspirava: "A prova de que há pressa..." E mostrava meu peito.

— Minha mãe viveu até oitenta anos, com crises mais fortes que as suas.

Certa manhã, senti-me bem melhor, como havia muito não acontecia. Estava faminto, e o que me serviam naquela pensão era intragável. Tive desejos de ir almoçar num restaurantezinho do bulevar Saint-Germain, cuja cozinha me agradava muito. Lá, a conta provocava em mim menos susto e raiva do que na maioria das outras baiucas onde eu tinha por hábito me sentar, com pavor de gastar demais.

O táxi me deixou na esquina da rua Rennes. Dei alguns passos para avaliar minhas forças. Ia tudo bem. Ainda não era meio-dia: resolvi ir beber uma garrafinha de Vichy no Les Deux Magots. Sentei-me na parte interna, no banco, e fiquei olhando distraidamente o bulevar.

Meu coração deu um salto: na parte externa, separados de mim pela espessura da vidraça, aqueles ombros estreitos, aquela careca circular, aquela nuca já grisalha, aquelas orelhas achatadas de abano... Hubert estava lá, lendo um jornal com olhos míopes, nariz quase encostado na página. Evidentemente, não tinha me visto entrar. Os batimentos de meu coração doente apaziguaram-se. Fui invadido por uma alegria medonha: eu o espionava, e ele não sabia que eu estava lá.

Eu não conseguiria imaginar Hubert em outro lugar que não fosse à mesa de um café dos bulevares. O que estava fazendo neste bairro? Na certa não tinha vindo sem algum objetivo específico. Só me cabia esperar, depois de pagar a garrafinha de Vichy, para ter a liberdade de me levantar, caso fosse necessário.

Era evidente que aguardava alguém, pois espreitava o relógio. Eu acreditava ter adivinhado que pessoa perpassaria entre as mesas até ele e quase fiquei decepcionado quando vi descer de um táxi o marido de Geneviève. Alfred usava um chapéu-panamá inclinado. Longe da mulher, aquele quadragenário baixinho e gorducho renascia. Trajava um terno claro demais, calçava sapatos amarelos demais. Sua elegância provinciana contrastava com os trajes sóbrios de Hubert, "que se veste como um Fondaudège", disse Isa.

Alfred tirou o chapéu e enxugou a testa luzidia. Engoliu num só gole o aperitivo que lhe fora servido. O cunhado já estava em pé e olhava o relógio. Eu me preparava para segui-los. Na certa pegariam um táxi. Eu tentaria fazer o mesmo e encalçá-los: manobra difícil. Enfim, já era muito ter descoberto a presença deles lá. Esperei para sair quando eles estivessem na beira da calçada. Não fizeram sinal para nenhum táxi e atravessaram a praça. Conversando, dirigiam-se para Saint-Germain-des-Prés. Que surpresa e que alegria! Entravam na igreja. Um policial que veja o ladrão entrar na prisão não sente emoção maior do que aquela que me asfixiava um pouco, naquele minuto. Aguardei algum tempo: eles poderiam se virar, e, embora meu filho fosse míope, meu genro tinha bom olho. Apesar da impaciência, forcei-me a ficar dois minutos na calçada e, depois, transpus o pórtico por minha vez.

Era pouco mais de meio-dia. Eu avançava com cuidado pela nave quase vazia. Logo tive certeza de que aqueles que eu procurava não estavam lá. Por um instante, ocorreu-me que eles talvez tivessem me visto, que só tinham entrado lá para despistar e saído por uma porta lateral. Arrepiei caminho e enveredei pela nave lateral direita, escondendo-me atrás das colunas enormes. E, de repente, no lugar mais escuro da abside, eu os vi contra a luz. Sentados em cadeiras, eles enquadravam uma terceira pessoa, de ombros humildes e encurvados, cuja presença não me surpreendeu. Era aquele mesmo que, pouco antes, eu esperava ver perpassar pelas mesas até meu filho legítimo, era o outro, aquela pobre larva, Robert.

Eu havia pressentido aquela traição, mas não tinha me detido naquele pensamento, por cansaço, por preguiça. Desde nossa primeira conversa, ficara claro para mim que aquela criatura pusilânime, que aquele ser subserviente não teria peito, e que a mãe dele, assombrada por lembranças das experiências judiciárias, o aconselharia a entrar em acordo com a família e vender seu segredo pelo maior preço possível. Eu contemplava a nuca daquele imbecil: ele estava solidamente enquadrado por aqueles dois grandes burgueses, um dos quais, Alfred, era o que se chama de "boa-praça" (aliás, muito cioso de seus interesses, de visão curta, mas era o que lhe servia), enquanto o outro, meu filhinho Hubert, era voraz, e, nos modos, ostentava uma autoridade incisiva que havia puxado a mim e contra a qual Robert não teria recursos. Eu os observava de trás de uma coluna, como quem olha uma aranha às voltas com uma mosca e decide, no íntimo, destruir ao mesmo tempo a mosca e a aranha. Robert abaixava cada vez mais a cabeça. Devia ter começado dizendo: "Meio a meio..." Acreditava ser o mais forte. Mas só por ter se dado a conhecer, o imbecil se punha em poder deles e não podia fazer nada além de entregar os pontos. E eu, testemunha daquela luta, o único que sabia ser ela inútil e vã, eu me senti como um deus, prestes a destruir aqueles insetos frágeis em minha mão poderosa, a esmagar sob os pés aquelas víboras enlaçadas; e eu ria.

Transcorridos apenas dez minutos, Robert já não dizia nada. Hubert falava sem parar; provavelmente baixava ordens; o outro aprovava com breves balanços da cabeça, e eu via seus ombros curvar--se, submissos. Alfred, por sua vez, refestelado na cadeira de palha, como numa poltrona, com o pé direito apoiado no joelho esquerdo, balançava-se, com a cabeça deitada para trás, e eu via de cima para baixo, bilioso e escurecido pela barba, seu rosto gordo e satisfeito.

Por fim se levantaram. Eu os segui sorrateiramente. Andavam devagar, Robert no meio, de cabeça baixa, como se estivesse algemado. Atrás das costas, suas grandes mãos vermelhas amolgavam um chapéu mole de um cinzento sujo e desbotado. Eu achava que nada mais podia me espantar. Estava enganado: enquanto Alfred e Robert se dirigiam para a porta, Hubert mergulhou a mão na pia de água benta e, voltando-se para o altar-mor, fez um amplo sinal da cruz.

Nada mais urgia, eu podia ficar tranquilo. Segui-los para quê? Eu sabia que, naquela mesma noite ou no dia seguinte, Robert finalmente me apressaria para executar meus planos. Como o receberia? Eu tinha tempo para pensar. Começava a sentir cansaço. Sentei-me. Naquele momento, o que prevalecia em minha mente e apagava o resto era a irritação causada pelo gesto devoto de Hubert. Uma moça, vestida com recato, rosto comum, depositou a seu lado uma caixa de chapéu e ajoelhou-se na fileira de cadeiras à minha frente. Eu a via de perfil, com o pescoço um pouco dobrado, olhos fixos na mesma portinhola distante que Hubert, cumprido seu dever familiar, saudara pouco antes com tanta gravidade. A moça sorria um pouco e estava imóvel.

Dois seminaristas entraram, um, muito alto e magro, lembrava-me o padre Ardouin; o outro, baixo, tinha um rostinho rechonchudo. Inclinaram-se lado a lado e também me pareceram imobilizar-se. Eu olhava o que eles olhavam; tentava ver o que eles viam. *Em suma, não há nada aqui, senão silêncio, frescor, cheiro de velhas pedras à sombra*, pensava eu. De novo, o rosto da jovem modista atraiu minha atenção. Seus olhos, agora, estavam fechados; as pálpebras de cílios longos lembravam-me as de Marie no leito de morte. Eu sentia tudo próximo, ao alcance da mão, mas, ao mesmo tempo, a uma distância infinita, um mundo desconhecido de bondade. Isa me dissera muitas vezes: "Você que só vê o mal... você que vê o mal em tudo..." Era verdade, e não era verdade.

XVI

ALMOCEI COM A mente livre, quase alegre, num estado de bem-estar que fazia tempo não sentia, como se a traição de Robert, em vez de frustrar meus planos, ajudava-os. Um homem de minha idade, pensava, com a vida ameaçada há anos, não vai buscar muito longe as razões para essas mudanças de humor: elas são orgânicas. O mito de Prometeu significa que toda a tristeza do mundo tem sede no fígado. Mas quem ousaria reconhecer uma verdade tão humilde? Eu não me sentia mal. Digeria bem aquele grelhado sangrento. Estava contente porque aquela porção era grande, o que me pouparia o gasto com outro prato. Pediria queijo como sobremesa: é o que sustenta mais e custa menos.

Qual seria minha atitude com Robert? Ia precisar mudar de estratagema; mas não conseguia me concentrar nesses problemas. Aliás, para que me sobrecarregar com um plano? Melhor confiar na inspiração. Eu não ousava admitir que antevia o prazer de brincar como um gato com aquele lastimável camundongo. Robert estava a mil léguas de imaginar que eu tinha descoberto o complô... Sou cruel? Sim, sou. Não mais que qualquer outro, como os outros, como meus filhos, como as mulheres, como todos aqueles (pensei na modista que vira em Saint-Germain-des-Prés), como todos os que não estão do lado do Cordeiro.

Voltei de táxi para a rua Bréa e deitei-me na cama. Os estudantes que povoam aquela pensão estavam fora, de férias. Descansei com muita calma. No entanto, a porta envidraçada, encoberta por uma meia cortina suja, privava o quarto de intimidade. Várias pequenas molduras da madeira da cama Henrique II tinham se descolado e haviam sido reunidas com cuidado num pratinho de bronze dourado que enfeitava a lareira. Manchas em forma de feixes espalhavam-se pelo papel brilhante, imitação de chamalote, que cobria as paredes. Mesmo com a janela aberta, o cheiro da pomposa mesa de cabeceira, com tampo de mármore vermelho, enchia o aposento. Uma toalha de fundo mostarda cobria a mesa. Aquele conjunto me agradava como uma síntese da fealdade e da pretensão humana.

Fui acordado por um frufru de saia. A mãe de Robert estava junto à minha cabeceira, e a primeira coisa que vi foi seu sorriso. Sua atitude obsequiosa já bastaria para despertar minha desconfiança, se eu não soubesse de nada, e para me advertir de que estava sendo traído. Certo tipo de gentileza é sempre sinal de traição. Também sorri e afirmei que me sentia melhor. O nariz dela não era tão volumoso, vinte anos antes. Na época, sua boca grande era habitada por belos dentes, herdados por Robert. Mas hoje seu sorriso descortinava ampla dentadura. Ela devia ter andado muito depressa, e seu cheiro ácido lutava com vantagem contra o cheiro da mesa com tampo de mármore vermelho. Pedi-lhe que abrisse mais a janela. Ela abriu, voltou até mim e sorriu de novo. Agora que eu passava bem, avisou que Robert estaria à minha disposição, para "a coisa". Justamente no dia seguinte, sábado, ele estaria livre a partir do meio-dia. Eu lhe lembrei que os bancos estão fechados aos sábados à tarde. Ela então decidiu que ele pediria uma folga na segunda-feira pela manhã. Seria fácil conseguir. Aliás, não havia mais por que tanta deferência para com os patrões.

Ela pareceu espantada quando insisti que Robert continuasse no emprego mais algumas semanas. Quando, ao se despedir, disse-me que no dia seguinte viria com o filho, pedi-lhe que o deixasse vir sozinho: queria conversar um pouco com ele, conhecê-lo melhor... A tonta não disfarçava a preocupação; provavelmente tinha medo de que o filho se traísse. Mas, quando falo com certo tom, ninguém pensa em contrariar minhas decisões. Era ela, sem dúvida, que incentivara Robert a entender-se com meus filhos; eu conhecia bem demais aquele rapaz tímido e ansioso para desconfiar da ansiedade em que aquela decisão o mergulhara.

Quando o pobre coitado entrou, no dia seguinte pela manhã, no primeiro golpe de vista percebi que minhas previsões estavam aquém da realidade. Ele tinha pálpebras de quem não dormia. Seu olhar se esquivava. Mandei-o sentar-se, demonstrei preocupação com seu aspecto; enfim, mostrei-me afetuoso, quase amoroso. Descrevi, com eloquência de grande advogado, a vida de felicidade que se descortinava diante dele. Falei da casa e do parque de dez hectares que ia comprar em seu nome, em Saint-Germain. Ela estava inteiramente mobiliada à "antiga". Lá havia um lago cheio de peixes, uma garagem para quatro automóveis e muitas outras coisas que fui acrescentando à medida que as ideias me ocorriam. Quando lhe falei de automóvel e sugeri uma das marcas americanas mais importantes, vi um homem agoniado. Evidentemente, ele devia ter se comprometido a não aceitar dinheiro nenhum enquanto eu estivesse vivo.

— Não haverá mais motivos para apreensão – acrescentei –, pois o documento de compra e venda será assinado por você. Já reservei e vou lhe remeter segunda-feira certo número de obrigações que lhe garantem cem mil francos de renda. Com isso você vai poder ir tocando. Porém a parte mais polpuda da fortuna líquida está em Amsterdã. Viajamos para lá na semana que vem, para tomar todas as providências... O que você tem, Robert?

Ele balbuciou:

— Não, meu senhor, não... nada antes de seu falecimento... Não gosto disso... Não quero explorá-lo. Não insista: eu ficaria muito aborrecido.

Ele estava apoiado no armário, com a mão direita segurando o cotovelo esquerdo; roía as unhas. Fixei nele meu olhar tão temido pelos adversários no Palácio de Justiça, o mesmo que, na época em que eu era advogado da parte civil, não se desviava de minha vítima enquanto ela não desabasse nos braços do policial no banco dos réus.

No fundo, eu o absolvia; meu sentimento era de libertação: teria sido terrível acabar meus dias com aquela larva. Não o odiava. Eu o jogaria fora sem destruir. Mas não podia me abster de divertir--me mais um pouco:

— Que bons sentimentos você tem, Robert! É muito bonito querer esperar minha morte. Mas não aceito seu sacrifício. Você vai ter tudo já na segunda-feira; no fim da semana grande parte de minha fortuna estará em seu nome...

E, visto que ele protestava, acrescentei, seco:

— É pegar ou largar.

Esquivando-se de meu olhar, ele me pediu alguns dias para pensar melhor. Era o tempo de escrever para Bordeaux e pedir orientação, pobre idiota!

— Muito me espanta, Robert, falando sério. Sua atitude é estranha.

Eu achava que meu olhar se abrandara, mas meu olhar é mais duro do que eu mesmo. Robert murmurou com voz mortiça: "Por que é que está me olhando desse jeito?" Eu repeti, imitando-o sem querer: "Por que é que eu estou olhando desse jeito? E você? Por que é que não consegue sustentar o meu olhar?"

Os que estão acostumados a ser amados realizam, por instinto, todos os atos e dizem todas as palavras que conquistam corações. Eu, porém, estou tão acostumado a ser odiado e a amedrontar, que meus olhos, minhas sobrancelhas, minha voz, minha risada são cúmplices dóceis desse dom tão temível e antecipam-se à minha vontade. Por isso, aquele rapaz lastimável debatia-se diante do olhar que eu desejaria indulgente. Quanto mais eu ria, mais a exuberância daquela alegria lhe parecia de mau agouro. Tal como se mata um animal, eu o questionei à queima-roupa:

— Quanto os outros te ofereceram?

Esse "te", querendo eu ou não, marcava mais desprezo que amizade. Ele balbuciou: "Que outros?", tomado de um terror quase religioso.

— Aqueles dois cavalheiros – disse eu –, o gordo e o magro... isso, o magro e o gordo!

Eu não via a hora de acabar com aquilo. Prolongar aquela cena causava-me horror (como quando não se tem coragem de pisar numa centopeia).

— Fique calmo – disse-lhe por fim. – Eu o perdoo.

— Não fui eu que quis... foi...

Eu lhe tapei a boca com a mão. Seria insuportável ouvi-lo acusar a mãe.

— Sshh! Não diga o nome de ninguém... Vamos ver: quanto lhe ofereceram? Um milhão? Quinhentos mil? Menos? Não é possível! Trezentos? Duzentos?

Ele balançava a cabeça de um jeito lastimável:

— Não, uma renda – disse em voz baixa. – Foi o mais tentador, mais seguro: doze mil francos por ano.

— A partir de hoje?

— Não, depois que recebessem a herança... Eles não imaginavam que o senhor ia querer pôr tudo em meu nome desde já... Mas agora é tarde demais?... É verdade que eles poderiam mover uma ação contra nós... a não ser que ficasse tudo escondido... Ah! Como eu fui burro! Mereço o castigo...

Era feio, chorando; estava sentado na cama, e uma de suas mãos pendia, enorme, inflada de sangue.

— Mesmo assim sou seu filho – gemeu. – Não me deixe na mão.

E, com um gesto canhestro, tentou passar o braço em torno de meu pescoço. Eu me desvencilhei, mas sem brusquidão. Fui até a janela e, sem me voltar, disse-lhe:

— A partir de 1º de agosto, você receberá 1.500 francos por mês. Vou tomar providências imediatas para que essa renda seja vitalícia. Caso necessário, ela seria revertida para sua mãe. Naturalmente, minha família deve ignorar que eu descobri o complô de Saint-Germain-des-Prés (o nome da igreja causou-lhe um sobressalto). Nem preciso lhe dizer que a menor indiscrição lhe custará a perda de tudo. Em contrapartida, você vai me deixar a par do que possa ser tramado contra mim.

Agora ele sabia que nada me escapava e qual seria o preço de me trair de novo. Deixei claro que não queria vê-lo mais, nem à mãe dele. Quando quisessem me escrever, que o fizessem para a posta--restante, na agência de costume.

— Quando seus cúmplices de Saint-Germain--des-Prés saem de Paris?

Ele afirmou que na véspera tinham tomado o trem noturno. Cortei suas expressões afetadas de gratidão e suas promessas. Provavelmente estava estupefato: uma divindade fantástica, de desígnios imprevisíveis, que ele havia traído, pegava-o, largava-o, pegava-o de novo... Ele fechava os olhos, deixava-se levar. Com o espinhaço vergado, as orelhas abaixadas, rastejando, ele levava embora o osso que eu lhe atirava.

Na hora de sair, retrocedeu e me perguntou como receberia aquele dinheiro, por qual intermediário.

— Vai receber – disse eu em tom seco. – Sempre cumpro minhas promessas, o resto não lhe diz respeito.

Com a mão na maçaneta, ele ainda hesitava:

— Gostaria que fosse um seguro de vida, uma renda vitalícia, alguma coisa assim, numa empresa séria... Eu ficaria mais tranquilo, não perderia mais o sono...

Abri com violência a porta que ele mantinha entreaberta e o empurrei para o corredor.

XVII

APOIADO NA LAREIRA, eu contava maquinalmente os pedaços de madeira envernizada reunidos no pratinho.

Durante anos, tinha sonhado com aquele filho desconhecido. Ao longo de minha pobre vida, nunca deixara de ter o sentimento de sua existência. Em algum lugar havia uma criança nascida de mim, que eu poderia reencontrar, que talvez me consolasse. O fato de ser de condição modesta aproximava-o ainda mais de mim: gostava de pensar que ele não devia se parecer em nada com meu filho legítimo; atribuía-lhe, ao mesmo tempo, a simplicidade e a força afetiva que não são raras no povo. Finalmente, eu jogava minha última cartada. Sabia que, depois dele, não tinha mais nada que esperar de ninguém e só me restava encolher-me e virar-me para o lado da parede. Durante quarenta anos, acreditara ceder ao ódio, ao ódio que eu inspirava e ao que eu sentia. Assim como outras pessoas, porém, alimentava alguma esperança e mitigara minha fome, como podia, até que me visse reduzido às últimas reservas. Agora estava acabado.

Não me restava sequer o sinistro prazer de arquitetar planos para deserdar aqueles que me queriam mal. Robert lhes mostrara o caminho: eles acabariam descobrindo os cofres, até mesmo os que não estivessem em meu nome. Inventar outra coisa? Ah! Continuar vivo, ter tempo de gastar tudo! Morrer... e que eles não encontrassem nem o suficiente para pagar um enterro de pobre. Mas, depois de toda uma vida de economia, depois de passar anos saciando a paixão por poupar, como aprender a agir como um pródigo, na minha idade? Aliás, meus filhos estão me espreitando, pensava. Eu não poderia fazer nada nesse sentido que não viesse a se tornar uma arma terrível nas mãos deles... Eu precisaria me arruinar sigilosamente, aos poucos...

Infelizmente eu não saberia me arruinar! Nunca chegaria a perder meu dinheiro! E se fosse possível enterrá-lo na minha cova, voltar ao pó sobraçando aquele ouro, aquelas notas, aquelas ações? E se eu conseguisse tornar mentirosos os que apregoam que os bens deste mundo não nos seguem na morte!

Há a "caridade" – as boas obras são como alçapões que engolem tudo. Doações anônimas que eu enviaria ao serviço de assistência social, às irmãs dos pobres. Não poderia afinal pensar nos outros, pensar em outros que não fossem meus inimigos? Mas o pior da velhice é ser a soma de uma vida, soma da qual não podemos mudar nenhum número. Passei sessenta anos compondo este velho que morre de ódio. Sou o que sou; eu precisaria me tornar outro. Ó Deus, Deus... se existísseis!

No crepúsculo, entrou uma moça para arrumar minha cama; não fechou a janela. Deitei-me na penumbra. Os ruídos da rua e a luz da iluminação pública não me impediram de cochilar. Eu voltava por breves intervalos à consciência, como quando o trem para no meio da viagem; e de novo adormecia. Embora já não me sentisse doente, parecia-me que bastaria ficar assim e esperar pacientemente que aquele sono se tornasse eterno.

Ainda precisava tomar providências para que a renda prometida fosse paga a Robert; queria passar pela posta restante, ninguém agora me prestaria esse serviço. Fazia três dias que eu não lia minha correspondência. A expectativa da carta desconhecida, que sobrevive a tudo, é o maior sinal de que a esperança é inextirpável, de que suas raízes sempre permanecem em nós!

Foi a preocupação com a correspondência que me deu forças para me levantar no dia seguinte, por volta do meio-dia, e ir à agência de correio. Chovia, eu não tinha guarda-chuva, ia encostado às paredes. Meu comportamento despertava curiosidade, as pessoas se viravam para me olhar. Eu tinha vontade de lhes gritar: "O que há de estranho? Estão achando que sou louco? Não digam isso: meus filhos se aproveitariam. Não me olhem assim: sou como todo mundo, com a diferença de que meus filhos me odeiam, e eu preciso me defender deles. Mas isso não é ser louco. Às vezes fico sob a influência de todas as drogas que a angina de peito me obriga a tomar. Bom, claro, falo sozinho porque estou sempre sozinho. O ser humano precisa de diálogo. O que há de estranho nos gestos e nas palavras de um homem solitário?"

O maço que me entregaram continha impressos, alguma correspondência bancária e três telegramas. Provavelmente se tratava de alguma ordem de bolsa que não pudera ser executada. Esperei até conseguir me sentar num bistrô para abri-las. Em mesas compridas, pedreiros, parecendo pierrôs de todas as idades, comiam devagar suas porções mirradas e bebiam de seu litro quase sem conversar. Tinham trabalhado desde a manhã debaixo de chuva. Iam recomeçar à uma e meia. Era fim de julho. As estações estavam lotadas... Será que eles entenderiam algo de meu tormento? Provavelmente! E um velho advogado, como o teria ignorado? Já o primeiro caso em que advoguei tratava de briga entre filhos que não queriam sustentar o pai. O infeliz se mudava de casa a cada três meses, sendo amaldiçoado em todo lugar, e num ponto concordava com os filhos: o de clamar pela vinda da morte que os livraria dele. Em quantas propriedades rurais assisti a esse drama do velho que, durante muito tempo, se recusa a entregar seus bens, depois se deixa convencer, até que os filhos o matem de trabalho e fome! Sim, quem devia conhecer isso era o pedreiro magro e calejado que, a dois passos de mim, esmagava devagar o pão entre as gengivas nuas.

Hoje, um velho bem-vestido já não surpreende ninguém nos bistrôs. Eu cortava um pedaço de coelho muito pálido e me distraía com as gotas de chuva que vinham se encontrar na vidraça; decifrava de trás para a frente o nome do proprietário. Buscando o lenço, minha mão sentiu o maço de cartas. Pus os óculos e abri ao acaso um telegrama: "Funerais de mãe amanhã, 23 julho, 9 horas, igreja Saint-Louis." Estava datado daquela mesma manhã. Os outros dois, expedidos na antevéspera, deviam ter se seguido com algumas horas de intervalo. Um dizia: "Mãe pior, volte." O outro: "Mãe faleceu…" Os três estavam assinados por Hubert.

Amassei os telegramas e continuei comendo, com a mente preocupada porque precisaria encontrar forças para pegar o trem noturno. Durante vários minutos, só pensei nisso; depois fui tomado por outro sentimento: o espanto de sobreviver a Isa. Entendia-se que eu ia morrer. Que eu devia partir primeiro era questão líquida e certa para mim e para todos. Projetos, intrigas e complôs não tinham outro objetivo senão os dias subsequentes à minha morte bem próxima. Tal como minha família, eu não tinha a menor dúvida a respeito. Havia um aspecto de minha mulher que eu nunca tinha perdido de vista: ela era minha viúva, aquela que seria atrapalhada por seus crepes de luto na hora de abrir o cofre. Uma perturbação nos astros não me causaria maior surpresa, maior desconforto do que aquela morte. Mesmo a contragosto, o homem de negócios que há em mim começava a examinar a situação e o proveito que poderia tirar contra meus inimigos. Tais eram meus sentimentos até a hora em que o trem deu a partida.

Então, minha imaginação entrou em jogo. Pela primeira vez, vi Isa tal como devia estar na cama, na véspera e na antevéspera. Reconstitui o cenário, seu quarto de Calèse (eu não sabia que ela havia morrido em Bordeaux). Murmurei "sendo posta no caixão…" e cedi a uma sensação covarde de alívio. Qual teria sido minha atitude? O que eu teria manifestado diante do olhar atento e hostil dos filhos? A questão estava resolvida. Quanto ao resto, o fato de eu ser obrigado a ir para a cama assim que chegasse eliminaria todas as dificuldades. Pois não era pensável que eu pudesse assistir ao funeral: pouco antes, eu tinha me esforçado em vão para ir à toalete. Aquela impotência não me amedrontava: morta Isa, minha expectativa de morrer desaparecia; minha vez tinha passado. Mas temia uma crise, principalmente porque estava ocupando sozinho uma cabine. Seria esperado na estação (eu tinha telegrafado), Hubert, provavelmente…

Não, não era ele. Que alívio, quando apareceu a figura obesa de Alfred, descomposta pela insônia!

Pareceu assustado quando me viu. Precisei segurar-me em seu braço e não consegui subir sozinho no automóvel. Trafegávamos por uma Bordeaux triste de manhã chuvosa, atravessando um bairro de abatedouros e escolas. Eu não sentia necessidade de falar: Alfred entrava nos mínimos detalhes, descrevia o local exato do jardim público onde Isa tinha caído: um pouco antes de chegar às estufas, diante do grupo de palmeiras, a farmácia para onde tinha sido transportada, a dificuldade de carregar aquele corpo pesado até o quarto, no andar de cima; a sangria, a punção... Ela ficara consciente a noite inteira, apesar da hemorragia cerebral. Havia perguntado por mim por meio de sinais, com insistência, e depois adormecera no momento em que um padre ministrava os santos óleos. "Mas ela havia comungado na véspera..."

Alfred queria me deixar na frente da casa, onde já tinham sido instalados os aparatos de luto, e continuar seu caminho, alegando que mal tinha tempo de vestir-se para a cerimônia. Mas precisou se conformar a me ajudar a descer do automóvel. Amparou-me para subir os primeiros degraus. Não reconheci o vestíbulo. Entre paredes de trevas, ardiam as chamas dos círios em torno de um monte de flores. Pisquei. O desnorteamento que eu sentia parecia-se com o de certos sonhos. Duas religiosas imóveis deviam ter sido fornecidas com o restante da ornamentação. Daquele aglomerado de panos, flores e luzes, a escada habitual, com seu tapete desgastado, subia em direção à vida de todos os dias.

Hubert descia por ela. Estava de fraque, corretíssimo. Estendeu-me a mão e falou comigo; mas sua voz vinha de tão longe! Eu respondia, e nenhum som subia a meus lábios. Seu rosto aproximou-se do meu, tornou-se enorme, depois eu perdi a consciência. Mais tarde fiquei sabendo que aquele desmaio não tinha durado três minutos. Voltei a mim num pequeno aposento que havia sido a sala de espera, antes de eu deixar de advogar. Os sais que tinham me aplicado picavam-me as mucosas. Reconheci a voz de Geneviève: "Está acordando..." Meus olhos abriram-se: estavam todos inclinados sobre mim. Seus rostos me pareciam diferentes, vermelhos, alterados, alguns esverdeados. Janine, mais forte que a mãe, parecia ter a mesma idade dela. As lágrimas haviam sulcado o rosto de Hubert. Ele tinha aquela expressão feia e comovente de quando era criança, na época em que Isa, sentando-o no colo, dizia: "Está triste de verdade, meu garotinho..." Só Phili, naquele terno com que tinha rodado todas as boates de Paris e de Berlim, voltava para mim seu belo rosto indiferente e entediado – tal como devia ser quando ia a uma festa, ou melhor, quando voltava, desalinhado e bêbado, pois ainda não tinha dado o nó na gravata. Atrás dele, eu distinguia mal as mulheres que usavam véu; deviam ser Olympe e filhas. Outros peitilhos brancos luziam na penumbra.

Geneviève aproximou um copo de meus lábios, e eu bebi alguns goles. Disse-lhe que me sentia melhor. Ela me perguntou, com voz suave e bondosa, se eu queria me deitar logo. Pronunciei a primeira frase que me veio à mente:

— Eu gostaria tanto de acompanhá-la até o fim, porque não pude lhe dizer adeus.

E repetia, como um ator em busca do tom correto: "Porque não pude lhe dizer adeus..." E essas palavras banais, que só tencionavam salvar as aparências e me haviam ocorrido por fazerem parte de meu papel na cerimônia fúnebre, despertaram em mim, com súbita força, o sentimento que elas expressavam; era como se eu tivesse informado a mim mesmo aquilo de que eu ainda não me dera conta: nunca mais voltaria a ver minha mulher; entre nós não haveria mais explicações; ela não leria estas páginas. As coisas ficariam eternamente no ponto em que eu as deixara ao sair de Calèse. Nós não poderíamos recomeçar, refazer tudo em novas bases; ela tinha morrido sem me conhecer, sem saber que eu não era apenas aquele monstro, aquele carrasco, e que em mim existia outro homem. Mesmo que eu tivesse chegado no último minuto, mesmo que não tivéssemos trocado uma só palavra, ela teria visto as lágrimas que agora corriam pelas minhas faces, ela teria partido levando a visão de meu desespero.

Só meus filhos, mudos de espanto, contemplavam aquele espetáculo. Talvez nunca na vida tivessem me visto chorar. Aquele velho rosto carrancudo e amedrontador, aquela cabeça de Medusa, cujo olhar nenhum deles nunca pudera sustentar, sofria uma metamorfose, tornava-se simplesmente humano. Ouvi alguém dizer (acho que era Janine):

— Se o senhor não tivesse viajado... por que viajou?

Sim, por que eu tinha viajado? Mas não poderia ter voltado a tempo? Se os telegramas não tivessem sido enviados para a posta-restante, se eu os tivesse recebido na rua Bréa... Hubert cometeu a imprudência de acrescentar:

— Viajou sem deixar endereço... nós não podíamos adivinhar...

Um pensamento, até então confuso, veio à tona de repente. Com as duas mãos apoiadas nos braços da poltrona, eu me levantei, tremendo de raiva, e gritei na cara dele: "Mentiroso!"

E, como ele balbuciasse: "Pai, ficou louco?", eu repetia:

— Vocês são, sim, mentirosos: vocês sabiam meu endereço. Tenham a coragem de dizer na minha cara que não sabiam.

E, visto que Hubert protestava timidamente, "Como podíamos saber?", acrescentei:

— Você não teve contato com ninguém que estava bem próximo de mim? Ouse negar. Ouse!

A família, petrificada, me olhava em silêncio. Hubert balançava a cabeça como uma criança apanhada numa mentira.

— Aliás, vocês não pagaram muito pela traição dele. Não foram muito generosos, meus filhos. Doze mil francos de renda para um rapaz que lhes devolve uma fortuna, isso é nada.

Eu ria, com aquele riso que me faz tossir. Meus filhos não encontravam palavras. Phili murmurou à meia-voz: "Golpe sujo..." Eu continuei, baixando a voz, diante de um gesto suplicante de Hubert, que tentava em vão falar:

— Foi por causa de vocês que eu não vi sua mãe. Vocês estavam a par de todos os meus atos, mas era preciso que eu não desconfiasse. Se vocês tivessem telegrafado para a rua Bréa, eu teria percebido que estava sendo traído. Nada no mundo poderia tê-los levado a fazer isso, nem mesmo as súplicas da mãe moribunda. Vocês estão tristes, claro, mas não perdem o norte...

Eu lhes disse essas coisas e outras mais horríveis ainda. Hubert suplicava à irmã: "Cale a boca dele! Cale a boca dele! Os outros vão ouvir..." com voz entrecortada. Geneviève abraçou meus ombros e me obrigou a voltar à poltrona:

— Não é hora, pai. Voltamos a falar de tudo isso de cabeça fresca. Eu lhe imploro, em nome daquela que ainda está aqui...

Hubert, lívido, pôs um dedo sobre os lábios: o mestre de cerimônia entrava com a lista das pessoas que carregariam o caixão. Dei alguns passos. Queria andar sozinho; a família abriu alas diante de mim, e eu avançava vacilando. Consegui transpor o limiar da capela ardente, agachar-me num genuflexório.

Foi lá que Hubert e Geneviève foram me buscar. Cada um me tomou por um braço, eu os segui docilmente. A subida da escada foi difícil. Uma das religiosas concordou em ficar comigo durante a cerimônia fúnebre. Hubert, antes de se despedir, fingiu ignorar o que acabava de ocorrer entre nós e me perguntou se tinha feito bem em designar o presidente da ordem dos advogados como uma das pessoas que carregaria o caixão. Eu me virei para o lado da janela resplendente sem responder.

Já se ouviam muitos passos. Toda a cidade viria assinar o livro de visitantes. Do lado Fondaudège, de quem não éramos aliados? E de meu lado, a ordem dos advogados, os bancos, o mundo dos negócios... Eu tinha uma sensação de bem-estar, como de alguém que foi absolvido, cuja inocência foi reconhecida. Eu havia condenado meus filhos pelo crime de mentira; eles não tinham negado sua responsabilidade. Enquanto a casa toda reverberava como um estranho baile sem música, eu me forçava a fixar a atenção no crime deles: só eles tinham me impedido de receber o último adeus de Isa... Mas esporeava meu velho ódio como se esporeia um cavalo estafado: ele já não rendia. Descontração física ou satisfação de ter dito a última palavra, não sei o que me abrandava, por menos que eu quisesse.

Nada mais me chegava das salmodias litúrgicas; o rumor fúnebre ia se afastando, até que um silêncio tão profundo como o de Calèse passou a reinar na ampla morada. Isa a esvaziara de seus habitantes. Arrastava toda a criadagem atrás de seu cadáver. Não restava ninguém além de mim e daquela religiosa que, junto à minha cabeceira, terminava o rosário iniciado perto do ataúde.

Aquele silêncio me tornou de novo sensível à separação eterna, à partida sem retorno. De novo meu peito se apertou, porque agora era tarde demais, e entre mim e ela tudo estava dito. Sentado na cama, sustentado por travesseiros, para poder respirar, eu olhava aqueles móveis Luís XIII, modelos escolhidos por nós na casa Bardié durante o noivado, que tinham sido dela até o dia em que ela herdara os da mãe. Esta cama, esta triste cama de nossos rancores e de nossos silêncios...

Hubert e Geneviève entraram sozinhos, os outros ficaram no corredor. Percebi que eles não conseguiam se acostumar a meu rosto em lágrimas. Os dois ficaram em pé junto à minha cabeceira, ele, esquisito em seu traje de noite ao meio-dia, ela, uma torre de pano preto sobre a qual resplandecia um lenço branco, com o véu jogado para trás que deixava à mostra um rosto redondo e congestionado. A tristeza arrancara as máscaras de todos nós, e já não nos reconhecíamos.

Preocupavam-se com minha saúde. Geneviève disse:

— Quase todo mundo foi até o cemitério: ela era muito amada.

Eu lhe perguntei como tinham sido os dias anteriores ao ataque de paralisia.

— Ela se sentia mal... talvez tivesse pressentimentos, porque, na véspera do dia em que precisava vir a Bordeaux, passou o tempo no quarto, queimando montes de cartas; nós até achamos que era um fogo de chaminé...

Eu a interrompi. Tivera uma ideia... Como não tinha pensado naquilo?

— Geneviève, você acha que a minha viagem teve alguma influência nisso?...

Ela respondeu, com ar de satisfação, que "aquilo decerto tinha sido um golpe para ela..."

— Mas vocês não contaram a ela... vocês não a informaram daquilo que tinham descoberto...

Ela interrogou o irmão com o olhar: deveria ter jeito de quem entendeu? Minha expressão devia ser muito estranha, naquele minuto, pois eles pareciam apavorados; e, enquanto Geneviève me ajudava a endireitar-me, Hubert respondia com precipitação que a mãe tinha ficado doente mais de dez dias depois de minha partida e que, durante aquele período, eles tinham decidido mantê-la fora daquelas discussões entristecedoras. Estava dizendo a verdade? E acrescentou, com voz trêmula:

— Aliás, se tivéssemos cedido à tentação de lhe contar, seríamos os principais responsáveis...

Ele se virou um pouco para o outro lado, e eu via o movimento convulsivo de seus ombros. Alguém entreabriu a porta e perguntou se deviam pôr a mesa. Ouvi a voz de Phili: "Qual é o problema! A culpa não é minha se eu estou morrendo de fome..." Geneviève, entre lágrimas, perguntou o que eu queria comer. Hubert disse que depois do almoço voltaria; nós nos explicaríamos, de uma vez por todas, se eu estivesse com forças para ouvi-lo. Eu fiz um sinal de concordância.

Quando saíram, a freira me ajudou a ficar em pé, consegui tomar um banho, vestir-me, ingerir uma tigela de caldo de carne. Eu não queria travar aquela batalha como um doente poupado e protegido pelo adversário.

Ao voltarem, eles encontraram outro homem, diferente do velho que despertara sua piedade. Eu tinha tomado os remédios necessários; estava sentado, com o busto ereto; sentia-me menos oprimido, como toda vez que deixo o leito.

Hubert tinha vestido um traje de passeio; mas Geneviève estava envolta num velho roupão da mãe. "Não tenho nada preto para vestir…" Sentaram-se na minha frente; e, depois das primeiras fórmulas convencionais:

— Pensei muito… – começou Hubert.

Havia preparado meticulosamente seu discurso. Dirigia-se a mim como se eu fosse uma assembleia de acionistas, pesando cada termo e com o cuidado de evitar qualquer arroubo.

— Junto à cabeceira de minha mãe, fiz um exame de consciência; fiz um esforço para mudar meu ponto de vista, para me pôr no seu lugar. Um pai que tem a ideia fixa de deserdar os filhos era o que nós enxergávamos em você, e isso, a meu ver, legitima ou pelo menos desculpa todo o nosso comportamento. Mas nós acabamos por lhe dar razão com aquela luta sem trégua e com aqueles…

Como ele buscasse o termo apropriado, eu lhe soprei baixinho: "Com aqueles complôs covardes."

Suas faces ficaram coradas. Geneviève abespinhou-se:

— Por que "covardes"? Você é muito mais forte que nós…

— Que que é isso! Um velho doente contra uma matilha de jovens…

— Um velho doente – interveio Hubert – que, numa casa como a nossa, goza de posição privilegiada: não sai do quarto, fica espreitando, não tem nada para fazer além de observar os hábitos da família e tirar proveito disso. Concebe seus golpes sozinho, prepara tudo a seu bel-prazer. Sabe tudo sobre os outros que não sabem nada sobre ele. Conhece os postos de escuta... (como eu não podia deixar de sorrir, eles sorriram também). É verdade – continuou Hubert –, uma família é sempre imprudente. A gente briga, levanta a voz: todo mundo acaba gritando sem perceber. Nós confiamos demais na espessura das paredes da velha casa, esquecidos de que os soalhos são finos. E há também as janelas abertas...

Essas alusões criaram uma espécie de distensão entre nós, e Hubert foi quem primeiro retomou o tom sério:

— Admito que, para você, parecíamos culpados. De novo, eu poderia entrar no jogo de alegar legítima defesa, mas vou evitar tudo o que possa envenenar a discussão. Também não vou tentar determinar quem foi o agressor nessa guerra lamentável. Até concordo em me declarar culpado. Mas você precisa entender...

Ele agora estava em pé, enxugava as lentes dos óculos. Seus olhos piscavam no rosto encovado, atormentado.

— Você precisa entender que eu estava lutando pela minha honra, pela vida de meus filhos. Você não pode imaginar nossa situação; você é de outro século; viveu naquela época fabulosa em que um homem prudente assentava em valores seguros. Concordo que você esteve à altura das circunstâncias; que enxergou a chegada da crise antes de todo mundo; que converteu ações em dinheiro a tempo... mas isso porque estava fora dos negócios, por fora dos negócios, digamos assim! Podia julgar friamente a situação, dominá-la, não estava comprometido até o pescoço como eu... Acordar foi brutal demais... Não deu tempo de tomar providências... Pela primeira vez todos os galhos da árvore racharam ao mesmo tempo. A gente não pode se prender a nada, não pode se agarrar a nada...

E repetiu com angústia: "a nada... a nada..." Até que ponto estava comprometido? À beira de que desastre se debatia? Receou ter-se aberto demais, recompôs-se, recorreu aos lugares-comuns habituais: o reequipamento intenso do pós-guerra, a superprodução, a crise do consumo... O que ele dizia pouco importava. Era para a sua angústia que eu atentava. Naquele momento, percebi que meu ódio estava morto, assim como morto estava o desejo de represálias. Morto, talvez, desde muito tempo. Eu tinha nutrido meu furor, me flagelado. Mas de que servia negar a evidência? Diante de meu filho, eu era tomado por um sentimento confuso, em que predominava a curiosidade: a agitação, o terror, a aflição daquele infeliz que eu podia interromper com uma palavra, tudo aquilo se me afigurava tão estranho! Eu vislumbrava aquela fortuna, que, ao que parecia, era tudo em minha vida, algo que eu tinha tentado dar, perder, algo de que eu nem sequer tivera a liberdade de dispor como quisesse, aquela coisa da qual, de repente, eu me sentia mais que desapegado, desinteressado, algo que já não me dizia respeito. Hubert, agora em silêncio, observava-me de trás dos óculos: o que eu estaria maquinando? Que golpe eu lhe desferiria? Seu rosto já se contraía num ricto, ele inclinava o tórax para trás, erguia um pouco o braço como criança que se protege. Voltou a falar com voz tímida:

— Só lhe peço que saneie minha situação. Com o que vou receber de minha mãe, não preciso de mais de… – Ele hesitou um instante antes de soltar o valor. – Um milhão. Com o terreno limpo, eu dou a volta por cima. Faça o que quiser com o resto; eu me comprometo a respeitar sua vontade...

Engoliu em seco; observava-me de soslaio; mas meu rosto era impenetrável.

— E você, minha filha? – disse eu, voltando-me para Geneviève. – Está em boa situação? Seu marido é um experiente...

Elogiar seu marido sempre a irritava. Ela respondeu que fazia dois anos Alfred não comprava rum: evidentemente, isso significava a certeza de não errar! Claro que eles tinham com que viver, mas Phili ameaçava largar a mulher e para isso só esperava saber com segurança que a fortuna estava perdida. Quando murmurei "Grande coisa!", ela respondeu com veemência:

— Sim, é um canalha, nós sabemos, Janine sabe... mas, se ele vai embora, ela morre. Sim, sim, ela morre. Você não pode entender isso, pai. Está fora do seu alcance. Janine sabe mais sobre Phili do que nós mesmos. Ela me disse várias vezes que ele é pior do que tudo o que nós podemos imaginar. Mesmo assim, morreria se ele a deixasse. Pode lhe parecer absurdo. Para você, essas coisas não existem. Mas, com a imensa inteligência que tem, você pode compreender o que não sente.

— Você está deixando o papai cansado, Geneviève.

Hubert achava que a irmã estava sendo desastrada, que eu estava sendo ferido em meu orgulho. Via sinais de angústia em meu rosto; mas não podia saber a causa. Não sabia que Geneviève reabria uma chaga e nela metia os dedos. Suspirei: "Phili felizardo!"

Meus filhos se entreolharam espantados. Sinceramente, sempre tinham achado que eu era meio louco. Talvez tivessem me internado sem nenhum peso na consciência.

— Um crápula – resmungou Hubert –, que nos tem na palma da mão.

— O sogro dele é mais indulgente do que você – disse eu. – Alfred sempre diz que Phili "não é um mau sujeito".

Geneviève pegou fogo.

— Ele também tem Alfred na palma da mão: o genro corrompeu o sogro, isso todos sabem na cidade: foram vistos juntos, com mulheres... Que vergonha! Essa era uma das tristezas que afligiam a minha mãe...

Geneviève enxugou os olhos. Hubert achou que eu queria desviar a atenção do essencial:

— Mas não é disso que se trata, Geneviève – disse em tom irritado. – Parece que no mundo só há você e os seus.

Furiosa, ela retrucou "que queria saber quem era o mais egoísta dos dois". E acrescentou:

— Lógico, cada um pensa nos seus filhos em primeiro lugar. Sempre fiz de tudo por Janine, e tenho orgulho disso, como a minha mãe fez de tudo por nós. Eu me jogaria no fogo...

O irmão a interrompeu, com aquele tom áspero em que eu me reconhecia, para dizer que ela "jogaria os outros também no fogo".

Em outros tempos aquela briga me divertiria! Eu teria saudado com alegria os sinais prenunciadores de uma batalha sem trégua por algumas migalhas de herança que eu não tivesse conseguido lhes sonegar. Mas só sentia um pouco de nojo, de tédio... Queria que aquela questão fosse resolvida de uma vez por todas! Que eles me deixassem morrer em paz!

— É estranho, meus filhos, eu acabar fazendo o que sempre me pareceu a maior loucura... – disse eu.

Ah! Eles já não pensavam em brigar! Voltavam para mim olhos duros e desconfiados. Estavam à espera; estavam em guarda.

— Eu que sempre tomei como exemplo o velho fazendeiro despojado em vida, que os filhos deixam morrer de fome... E, quando a agonia dura tempo demais, acrescentam edredons sobre ele, até lhe cobrirem a boca...

— Pai, por favor...

Eles protestavam com uma expressão de horror que não era falsa. Mudei repentinamente de tom:

— Você vai ter trabalho, Hubert: a partilha será difícil. Tenho depósitos em vários lugares, aqui, em Paris, no exterior. E as propriedades, os imóveis...

A cada palavra, os olhos deles cresciam, mas não queriam acreditar. Vi as mãos finas de Hubert abrirem-se totalmente e voltarem a se fechar.

— Tudo precisa estar terminado antes de minha morte, ao mesmo tempo que é feita a partilha do que vem de sua mãe. Reservo para mim o usufruto de Calèse: a casa e o parque (manutenção e reparos a cargo de vocês). Do vinhedo não quero mais ouvir falar. O notário depositará a meu favor uma renda mensal cujo montante será fixado... Alcance minha carteira, sim... no bolso esquerdo do paletó.

Hubert a estendeu com mão trêmula. Dela tirei um envelope:

— Aí você vai encontrar algumas indicações do conjunto de minha fortuna. Pode levar esse envelope a Arcam, o notário... ou melhor, não, ligue para ele e peça que venha, eu o entregarei pessoalmente e confirmarei as minhas vontades diante de você.

Hubert pegou o envelope e me perguntou com expressão ansiosa:

— Está brincando conosco? Não?

— Vá telefonar ao notário: vai ver se estou brincando...

Ele correu para a porta, depois desistiu:

— Não – disse –, hoje não ficaria bem... É preciso esperar uma semana.

Passou a mão sobre os olhos; na certa estava com vergonha, fazia o esforço de pensar na mãe. Girava o envelope na mão.

— Está bem – voltei a dizer –, abra e leia: tem minha autorização.

Ele se aproximou rapidamente da janela, quebrou o lacre. Leu como quem devora. Geneviève, não se aguentando mais, levantou-se e lançou um olhar ávido por cima do ombro do irmão.

Eu contemplava aquele par fraterno. Não havia nada lá que me causasse horror. Um homem de negócios ameaçado, um pai e uma mãe de família reencontrando de repente milhões que eles acreditavam estar perdidos. Não, eles não me causavam horror. Mas minha própria indiferença me espantava. Eu parecia o indivíduo que foi operado e acorda dizendo que não sentiu nada. Tinha arrancado de mim alguma coisa a que acreditava estar preso por amarras profundas. Ocorre que não sentia nada, a não ser alívio, uma leveza física: respirava melhor. No fundo, o que vinha fazendo, anos a fio, senão tentar perder aquela fortuna, descarregá-la sobre alguém que não fosse um dos meus? Sempre me enganei quanto ao objeto de meus desejos. Não sabemos o que desejamos, não amamos o que acreditamos amar.

Ouvi Hubert dizer à irmã: "É enorme... é enorme... é uma fortuna enorme." Trocaram algumas palavras em voz baixa; e Geneviève declarou que não aceitavam meu sacrifício, que não queriam que eu me despojasse de tudo.

As palavras "sacrifício" e "despojasse" soavam de modo estranho a meus ouvidos. Hubert insistia:

— Hoje você agiu sob efeito da emoção. Acha que está mais doente do que de fato está. Ainda não tem setenta anos; vive-se muitos anos com essa sua doença. Depois de algum tempo, estaria arrependido. Se quiser, eu o desonero de todos os encargos materiais. Mas conserve em paz o que lhe pertence. Nós só desejamos o que é justo. A única coisa que sempre buscamos foi a justiça...

Eu estava sendo invadido pelo cansaço; eles viram meus olhos se fechar. Eu lhes disse que minha decisão estava tomada e daí por diante só falaria na presença do notário. Eles já se dirigiam para a porta; sem virar a cabeça, chamei-os de volta:

— Estava esquecendo de avisar que deve ser paga uma renda mensal de 1.500 francos a meu filho Robert; eu prometi. Você deve me lembrar disso quando assinarmos os documentos.

Hubert enrubesceu. Não esperava aquela aguilhoada. Mas Geneviève não viu malícia naquilo. Com seu olho redondo, fez um cálculo rápido e disse:

— Dezoito mil francos por ano... Não acha que é muito?

XVIII

O PRADO ESTÁ mais claro que o céu. A terra, saturada de água, fumega, e os carris, inundados de chuva, refletem um azul turvo. Tudo me interessa, como no tempo em que Calèse me pertencia. Já nada é meu, e não sinto a pobreza. O barulho da chuva, à noite, sobre a vindima que apodrece, não me dá menos tristeza do que quando eu era o dono dessa colheita ameaçada. O que tomei por sinal de apego à propriedade não passa de instinto carnal de camponês, filho de camponeses, nascido daqueles que, há séculos, interrogam o horizonte com angústia. A renda que deverei receber todo mês se acumulará no tabelião: nunca preciso de nada. Durante toda a vida fui prisioneiro de uma paixão que não me possuía. Tal como um cão late para a lua, fui fascinado por um reflexo. Despertar aos 68 anos! Renascer na hora de morrer! Que me sejam dados alguns anos mais, alguns meses, algumas semanas...

A enfermeira foi embora, eu me sinto muito melhor. Amélie e Ernest, que atendiam Isa, continuam comigo; sabem aplicar injeção; tudo está aí, à mão: ampolas de morfina, de nitrito. Meus filhos, ocupados demais, quase não saem da cidade e só aparecem quando precisam de alguma informação, sobre alguma avaliação... Tudo é feito sem demasiadas brigas: o terror de ficar em "desvantagem" levou-os a tomar a decisão cômica de dividir os jogos completos de tecido adamascado e de cristais. Preferem cortar uma tapeçaria em duas metades a deixar que um só se beneficie de sua posse. Acham melhor que tudo seja desemparelhado, desde que nenhum quinhão seja maior que o outro. É a isso que designam "ter paixão pela justiça". Passarão a vida a disfarçar, por trás de belos nomes, os mais vis sentimentos... Não, preciso apagar isso. Sabe-se lá se não são prisioneiros, como eu mesmo fui, de uma paixão que não reside na parte mais profunda de seu ser?

O que pensarão de mim? Provavelmente que fui vencido, que cedi. "Eles me enrolaram." No entanto, quando me visitam, dão mostras de muito respeito e gratidão. Mesmo assim, eu lhes causo espanto. Hubert, principalmente, me observa: desconfia, não tem certeza de que estou desarmado. Fique tranquilo, meu garoto. Eu já não era muito amedrontador no dia em que voltei a Calèse, convalescente. Agora, então...

Os olmos das estradas e os choupos dos prados desenham amplos planos sobrepostos e, entre suas linhas escuras, acumula-se a bruma — a bruma, a fumaça das queimadas e o hálito imenso da terra encharcada. Pois estamos despertando em pleno outono, e as uvas, nas quais permanece e cintila um pouco de chuva, não recuperarão aquilo que o agosto chuvoso lhes sonegou. Mas, para nós, talvez nunca seja tarde demais. Preciso repetir para mim mesmo que nunca é tarde demais.

Não foi por devoção que, no dia seguinte a meu retorno, entrei no quarto de Isa. O ócio, a disponibilidade total de que não sei se gozo ou se padeço no campo, só isso me instigou a empurrar a porta entreaberta, a primeira depois da escada, à esquerda. Não era só a janela que estava escancarada, mas assim também estavam o armário e a cômoda. Os criados tinham esvaziado tudo, e o sol devorava, até nos mínimos recessos, os restos impalpáveis de um destino finalizado. A tarde de setembro zumbia de moscas despertadas. As tílias de copas densas e redondas pareciam frutos machucados. O azul, escuro no zênite, empalidecia contra as colinas adormecidas. De uma jovem que eu não via brotava uma gargalhada; chapéus de sol moviam-se entre as vinhas: a vindima tinha começado.

Mas a vida maravilhosa se retirara do quarto de Isa; na parte de baixo do armário, um par de luvas e uma sombrinha tinham jeito de coisa morta. Eu olhava a velha lareira de pedra em cujo tímpano se esculpiam um rastelo, uma pá, uma foice e um feixe de trigo. Essas lareiras antigas, onde é possível queimar troncos enormes, durante o verão são fechadas com grandes telas de tecido pintado. Esta representava uma parelha de bois na lavoura, e eu, quando menino, num dia de raiva, a crivara de golpes de canivete. A tela só estava apoiada à lareira. Quando eu tentava encaixá-la no lugar, ela caiu e deixou à mostra o quadrado negro da caixa de fogo cheia de cinzas. Lembrei-me então do que meus filhos haviam contado daquele último dia de Isa em Calèse: "Ela queimava papéis, achamos até que era fogo de chaminé..." Percebi, naquele momento, que ela havia pressentido a aproximação da morte. Não se consegue pensar ao mesmo tempo na própria morte e na dos outros: dominado pela ideia fixa de meu fim próximo, como é que eu poderia me preocupar com a pressão sanguínea de Isa? "Não é nada, é a idade", repetiam os idiotas dos filhos. Mas ela, no dia em que acendeu aquele fogaréu, sabia que sua hora estava chegando. Quis desaparecer por inteiro; tinha apagado seus mínimos vestígios. Eu olhava, na base, aqueles flocos cinzentos que o vento agitava um pouco. As pinças, que lhe tinham servido, ainda estavam lá, entre a lareira e a parede. Peguei-as e comecei a remexer aquele monte de poeira, aquele nada.

Vasculhei como se aquilo encerrasse o segredo de minha vida, de nossas duas vidas. À medida que as pinças afundavam, a cinza se tornava mais densa. Trouxe para cima alguns fragmentos de papel que deviam ter sido protegidos pela espessura dos maços, mas só salvei palavras, frases interrompidas, de sentido impenetrável. Tudo estava escrito na mesma caligrafia que eu não reconhecia. Minhas mãos tremiam, pelejavam. Num pedaço minúsculo, sujo de fuligem, consegui ler a palavra PAX, abaixo de uma cruz, com uma data: 23 de fevereiro de 1913, e: "minha querida filha..." Em outros fragmentos, dediquei-me a reconstituir os caracteres traçados à margem da página queimada, mas só consegui isto: "A senhora não é responsável pelo ódio que essa criança lhe inspira, só seria culpada se cedesse a esse ódio. Mas, ao contrário, faz força..." Depois de muitos esforços, consegui ler também: "... julgar temerariamente os mortos... a afeição que ele tem por Luc não prova..." A fuligem cobria o resto, menos uma frase: "Perdoe sem saber o que tem para perdoar. Ofereça por ele sua..."

Eu teria tempo de refletir mais tarde: no momento só pensava em encontrar algo melhor. Vasculhei, com o tronco inclinado, numa posição desconfortável, que me impedia de respirar. Por um instante, a descoberta de um caderno de *moleskine*, que parecia intacto, deixou-me agitado; mas nenhuma de suas folhas havia sido poupada. No verso da capa, decifrei apenas estas poucas palavras escritas por Isa: *Florilégio Espiritual*. E, abaixo, "Eu não sou um Deus que condena: o meu nome é Jesus". (*Cristo a São Francisco de Sales.*)

Seguiam-se outras citações, mas ilegíveis. Em vão me demorei muito, inclinado sobre aquela poeira; não consegui mais nada. Ergui-me e olhei minhas mãos sujas. Vi, no espelho, minha testa marcada pela cinza. Fui tomado pelo desejo de sair andando, como na juventude; desci a escada depressa demais, esquecido de meu coração.

Pela primeira vez em semanas, dirigi-me para as vinhas que, parcialmente despojadas de seus frutos, encaminhavam-se para a hibernação. A paisagem estava leve, límpida, distendida como aquelas bolhas azuladas que Marie soprava na ponta de um tubo de palha. O vento e o sol já haviam solidificado os carris e as profundas pegadas dos bois. Eu andava, carregando em mim a imagem daquela Isa desconhecida, invadida por paixões poderosas que só Deus tivera o poder de subjugar. Aquela dona de casa tinha sido uma irmã devorada pelo ciúme. Sobre o pequeno Luc recaíra seu ódio... uma mulher capaz de odiar um menino... Ciúme por causa dos próprios filhos? Por meu favorito ser Luc? Mas ela também tinha detestado Marinette... Sim, sim: ela tinha sofrido por mim; eu tivera o poder de torturá-la. Que loucura! Morta Marinette, morto Luc, morta Isa... Mortos! Mortos! E eu – velho, em pé na beirada da mesma cova que os engolira –, eu me rejubilava porque uma mulher não tinha sido indiferente a mim, por ter provocado nela aquele turbilhão.

Era risível e, na verdade, eu ria sozinho, um pouco ofegante, apoiado numa estaca de videira, diante das pálidas extensões de bruma nas quais as aldeias com suas igrejas, as estradas e todos os seus choupos tinham naufragado. A luz do poente tinha dificuldade para abrir caminho até esse mundo sepultado. Eu sentia, eu via, eu tocava meu crime. Ele não cabia inteiro naquele hediondo ninho de víboras – ódio a meus filhos, desejo de vingança, amor ao dinheiro –, mas em minha recusa a ir buscar além daquelas víboras enlaçadas. Eu me limitara àquele nó imundo como se ele fosse meu próprio coração, como se os batimentos desse coração se confundissem com aqueles répteis fervilhantes. Não me bastara, ao longo de meio século, nada conhecer em mim além do que não era eu: tinha feito o mesmo em relação aos outros. Sentia-me fascinado pelas míseras cobiças que via no rosto de meus filhos. A estupidez de Robert era o que dele se me mostrava, e eu me limitava a essa aparência. Nunca a exterioridade dos outros se ofereceu a mim como aquilo que é preciso fender, como aquilo que é preciso atravessar para atingi-los. Era uma descoberta que eu devia ter feito aos trinta anos, aos quarenta anos. Mas hoje sou um velho de coração demasiado lento e contemplo o último outono de minha vida adormecer a vinha, entorpecê-la com vapores e raios. Aqueles que eu devia amar estão mortos; mortos os que poderiam ter-me amado. Quanto aos sobreviventes, já não tenho tempo nem forças para tentar a viagem em sua direção, para redescobri-los. Não há nada em mim – nem minha voz, meus gestos, minha risada – que não pertença ao monstro que insurgi contra o mundo e ao qual dei meu nome.

Acaso eram exatamente esses os pensamentos que eu ruminava, apoiado contra aquele mourão, na extremidade de uma espaldeira, de frente para os prados resplandecentes de Yquem, onde o sol do ocaso se punha? Um incidente, que preciso relatar aqui, provavelmente os tornaram mais claros; mas eles já estavam em mim naquela noite, enquanto eu voltava em direção à casa, impregnado até o coração pela paz que enchia a terra; as sombras alongavam-se, o mundo inteiro era pura aceitação; ao longe, as encostas perdidas pareciam ombros encurvados: estavam à espera do nevoeiro e da noite para deitar--se talvez, estender-se, dormir um sono humano.

Na casa, eu esperava encontrar Geneviève e Hubert: eles tinham prometido jantar comigo. Era a primeira vez na vida que desejava a vinda deles, que ela representava uma alegria para mim. Não via a hora de lhes mostrar meu novo coração. Não devia perder um minuto para conhecê-los, para ser conhecido por eles. Teria tempo de pôr à prova a minha descoberta antes de morrer? Eu queimaria etapas em direção ao coração de meus filhos, transporia tudo o que nos separava. O nó de víboras finalmente estava cortado: eu avançaria tão depressa para o amor deles, que eles chorariam quando fechassem meus olhos.

Ainda não tinham chegado. Sentei-me no banco, perto da estrada, atento ao barulho dos motores. Quanto mais demoravam, mais eu desejava sua vinda. Algumas vezes minha velha cólera retornava: eles não se preocupavam nem um pouco com a minha espera! Pouca importância davam ao fato de eu sofrer por causa deles; aquilo era proposital... Reagi: aquele atraso podia ter uma razão que eu ignorava, e não havia nenhuma probabilidade de que ela fosse precisamente aquela de que meu rancor costumava se alimentar. A sineta anunciava o jantar. Fui até a cozinha para avisar Amélie de que era preciso esperar mais um pouco. Raríssimas vezes me viam sob aquelas vigas negras de onde pendiam presuntos. Sentei-me perto do fogo, numa cadeira de palha. Amélie, seu marido e Cazau, o administrador, cuja risada eu tinha ouvido de longe, calaram-se assim que entrei. Uma atmosfera de respeito e terror me cercava. Eu nunca falava com os domésticos. Não que eu seja um patrão difícil ou exigente, é que eles não existem para mim, eu não os enxergo. Mas, naquela noite, a presença deles me tranquilizava. Como meus filhos não vinham, eu tive vontade de comer num canto daquela mesa, sobre a qual a cozinheira cortava a carne.

Cazau fugira, Ernest vestia um paletó branco para me servir. Seu silêncio me oprimia. Em vão eu buscava palavras para dizer. Mas não sabia nada sobre aqueles dois seres que se devotavam a nós havia vinte anos. Por fim, lembrei-me de que a filha deles, que era casada e morava em Sauveterre de Guyenne, antigamente vinha visitá-los, e Isa não lhe pagava o coelho que ela trazia porque ela comia várias vezes em nossa casa. Sem virar a cabeça, articulei com certa rapidez:

— E aí, Amélie, como vai sua filha? Continua em Sauveterre?

Ela inclinou para mim seu rosto bronzeado e, depois de me encarar:

— O senhor sabe que ela morreu... vai fazer dez anos no dia 29, dia de São Miguel. O senhor se lembra?

O marido, porém, continuou mudo; mas me olhou com dureza; achava que eu tinha fingido esquecer. Balbuciei: "Desculpe... minha cabeça de velho..." Mas não conseguia controlar a risadinha que me acometia sempre que estava incomodado ou intimidado. O homem anunciou, com sua voz de sempre: "O jantar está servido."

Levantei-me imediatamente e fui sentar-me na sala de jantar mal iluminada, de frente para a sombra de Isa. Aqui Geneviève, depois o padre Ardouin, depois Hubert... Eu buscava com o olhar, entre a janela e o bufê, o cadeirão de Marie, que depois foi usado por Janine e pela filha de Janine. Fiz de conta que engolia alguns bocados; o olhar daquele homem que me servia era horrível.

Na sala de estar, ele havia acendido um fogo de sarmentos. Naquele aposento, cada geração, ao se retirar, tal como uma maré retira suas conchas, deixara álbuns, cofrinhos, daguerreótipos, candeeiros carcel. Os consoles estavam cobertos por bibelôs mortos. Os passos pesados de um cavalo na escuridão e o barulho da prensa de uva junto à casa me confrangiam o coração. "Meus filhos, por que não vieram?" Aquele lamento subiu-me aos lábios. Os criados, se tivessem me ouvido atrás da porta, achariam que havia um estranho na sala de estar; pois aquela voz e aquelas palavras não podiam ser do velho miserável que, imaginavam eles, fingira não saber que a filha deles tinha morrido.

Todos, mulher, filhos, patrões e serviçais, estavam aliados contra minha alma, tinham ditado aquele papel odioso. Eu me fixara de modo atroz na atitude que eles exigiam de mim. Eu me conformara ao modelo proposto pelo ódio deles. Que loucura, aos 68 anos, ter a esperança de nadar contra a corrente, impor-lhes uma visão nova do homem que sou, apesar de tudo, que sempre fui! Nós não vemos senão o que estamos acostumados a ver. E vocês, meus filhos, eu tampouco os vejo. Se eu fosse mais novo, os vezos estariam menos marcados, os hábitos, menos enraizados; mas duvido que, mesmo na juventude, eu conseguisse romper esse encantamento. Precisaria de uma força, achava eu.

Que força? Alguém. Sim, alguém em quem todos nós nos uníssemos, que fosse o fiador de minha vitória interior aos olhos dos meus; alguém que testemunhasse por mim, que me aliviasse de meu fardo imundo, que o assumisse...

Nem mesmo os melhores aprendem sozinhos a amar: para suplantar o ridículo, os vícios e, sobretudo, a imbecilidade dos seres, é preciso dominar um segredo de amor que o mundo já não conhece. Enquanto esse segredo não for redescoberto, em vão serão mudadas as condições humanas: eu achava que era o egoísmo que me alheava de tudo o que diz respeito ao econômico e ao social; e é verdade que fui um monstro de solidão e indiferença; mas também havia em mim um sentimento, uma certeza obscura de que não adianta nada revolucionar a face do mundo; é preciso atingir o mundo no coração. Estou em busca de quem conquiste essa vitória; e seria preciso que mesmo esse ser fosse o Coração dos corações, o centro ardente do amor. E esse desejo talvez já fosse prece. Naquela noite, faltou pouco para que eu me ajoelhasse e apoiasse os cotovelos numa poltrona, como Isa fazia nos verões de outrora, com os três filhos bem juntos ao seu vestido. Eu voltava do terraço rumo àquela janela iluminada; aproximava-me pé ante pé e, invisível no jardim escuro, olhava aquele grupo suplicante: "Prosternada diante de Vós, ó meu Deus — recitava Isa —, eu Vos dou graças por me terdes dado um coração capaz de Vos conhecer e de Vos amar..."

Fiquei em pé, no meio da sala, vacilando, como se tivesse recebido um golpe. Pensava na minha vida, olhava minha vida. Não, não se nada contra tal corrente de lama. Eu tinha sido um homem tão horrível que não contava um único amigo. Mas, pensava, não será por ter sempre sido incapaz de me mascarar? Se todos andassem sem máscara como eu andei durante meio século, talvez fosse surpreendente haver, entre as pessoas, diferenças de nível tão pequenas. Na verdade, ninguém avança de rosto descoberto, ninguém. A maioria arremeda grandeza e nobreza. Sem saberem, todos se amoldam a tipos literários ou outros. Os santos sabem disso; eles odeiam e desprezam a si mesmos porque se enxergam. Eu não teria sido tão desprezado se não tivesse sido tão exposto, tão aberto, tão nu.

Tais eram os pensamentos que me perseguiam, naquela noite, enquanto eu vagava pelo aposento penumbroso, esbarrando no mogno e no jacarandá de uma mobília pesada, escombros encalhados no passado de uma família, na qual tantos corpos, hoje dissolvidos, se haviam apoiado, deitado. As botinhas das crianças tinham sujado o sofá onde elas se aninhavam para folhear *Le Monde Illustré*, de 1870. O tecido continuava escuro nos mesmos lugares. O vento girava ao redor da casa, alvoroçava as folhas mortas das tílias. Tinham se esquecido de fechar a janela de um dos quartos.

XIX

NO DIA SEGUINTE, esperei com angústia a chegada da correspondência. Dava voltas pelas trilhas, à maneira de Isa, quando os filhos estavam atrasados, e ela, preocupada. Teriam brigado? Alguém estaria doente? Eu me afligia; estava me tornando hábil como Isa para alimentar, nutrir ideias fixas. Andava pelo meio das vinhas com o ar ausente e distante do mundo, olhar de quem rumina uma apreensão; mas, ao mesmo tempo, lembro-me de ter atentado para aquela mudança em mim, de ter me sentido satisfeito com minha inquietação. O nevoeiro era sonoro, ouve-se a planície sem a ver. Alvéloas e tordos espalhavam-se pelas espaldeiras nas quais as uvas demoravam a apodrecer. Luc, quando criança, no fim das férias, adorava aquelas manhãs de meios-tons...

Um bilhete de Hubert, datado de Paris, não me tranquilizou. Dizia que tinha sido obrigado a viajar de última hora: um problema grave de que me falaria na volta, daí a dois dias. Eu imaginava complicações de ordem fiscal: teria ele cometido alguma ilegalidade?

À tarde, não me aguentei e pedi que me levassem à estação, onde comprei uma passagem para Bordeaux, embora tivesse me comprometido a não viajar mais sozinho. Geneviève agora morava em nossa antiga casa. Encontrei-a no vestíbulo, despedindo-se de um desconhecido que devia ser o médico.

— Hubert não lhe contou?

Levou-me para aquela sala de espera onde eu tinha desmaiado no dia do enterro. Respirei aliviado, quando soube que se tratava de uma fuga de Phili: eu tinha receado coisa pior; mas ele havia partido com uma mulher, "que o dominava", depois de uma cena atroz em que destruíra toda e qualquer esperança de Janine. Ninguém conseguia arrancar a pobre menina de um estado de prostração que preocupava o médico. Alfred e Hubert tinham ido falar com o fugitivo em Paris. Segundo dizia um telegrama recebido naquele instante, eles não tinham conseguido nada.

— Quando penso que lhe passávamos uma pensão tão generosa... Evidentemente, tínhamos tomado nossas precauções, não lhe transferimos nenhum capital. Mas a renda era considerável. Só Deus sabe como Janine era fraca: ele conseguia dela tudo o que queria. Quando penso que antes ele ameaçava abandoná-la, crente de que você não deixaria nada para nós... e é justamente quando você nos passa sua fortuna que ele decide cair fora. Como você explica isso?

E parou diante de mim, com as sobrancelhas levantadas, os olhos dilatados. Depois, colou-se ao aquecedor e, unindo os dedos, esfregava as palmas das mãos.

— Naturalmente se trata de uma mulher muito rica... – disse eu.

— Que nada! Uma professora de canto... Você a conhece bem, é a sra. Vélard. Nenhuma jovenzinha, e bem rodada. Mal ganha para se sustentar. Como você explica isso? – repetiu.

Mas, sem esperar minha resposta, recomeçava a falar. Nesse momento, Janine entrou. Estava de roupão e me ofereceu a testa para beijar. Não tinha emagrecido, mas, naquele semblante obtuso e sem graça, o desespero destruíra tudo o que eu detestava: aquele pobre ser tão complicado, tão afetado, tinha se tornado terrivelmente despojado e simples. A luz crua de um lustre a iluminava por inteiro, e ela não piscava: "O senhor está sabendo?", perguntou-me apenas, e sentou-se na *chaise-longue*.

Ouviria as palavras da mãe, a catilinária interminável que Geneviève devia repisar desde a partida de Phili?

— Quando penso...

Cada período começava com esse "quando penso", espantoso numa pessoa que pensava tão pouco. Dizia que tinham consentido com aquele casamento, embora aos 22 anos Phili tivesse dilapidado já uma bela fortuna que recebera cedo demais (como era órfão e não tinha parentes próximos, precisou ser emancipado). A família tinha feito vista grossa para a sua vida dissoluta... E era assim que ele retribuía...

Em mim nascia uma irritação que eu tentava em vão conter. Minha velha maldade saía do torpor. Como se a própria Geneviève, Alfred, Isa e todos os amigos não tivessem assanhado Phili, não o tivessem deslumbrado com mil promessas!

— O mais curioso – grunhi – é que você acredita no que está dizendo. Mas sabe muito bem que todos corriam atrás desse rapaz...

— Ora, pai, você não vai agora defendê-lo...

Eu respondi que não se tratava de defendê-lo. Mas estávamos errados em julgar que Phili era mais vil do que de fato era. Provavelmente, tinham lhe mostrado, com uma rudeza excessiva, que, garantida a fortuna, ele aceitaria todas as vexações, que todos agora tinham certeza de que ele já não iria embora. Mas os seres nunca são tão baixos como se imagina.

— Quando penso que você defende um miserável que abandona a mulher e a filhinha...

— Geneviève – gritei, exasperado –, você não está me entendendo, faça um esforço para entender: abandonar a mulher e a filha é ruim, nem é preciso dizer; mas o culpado pode ter cedido a motivações ignóbeis tanto quanto a razões elevadas...

— E então –, repetia Geneviève teimosamente –, você acha nobre abandonar uma mulher de 22 anos e uma filhinha...

Ela não saía disso; ela não entendia nada de nada.

— Não, você é boba demais... a menos que não entenda de propósito... E eu afirmo que Phili me parece menos desprezível desde...

Geneviève me cortou a palavra, gritando que eu devia esperar Janine sair da sala para a insultar defendendo seu marido. Mas a moça, que até então não havia aberto a boca, disse com uma voz que eu tinha dificuldade para reconhecer:

— Por que negar, mamãe? Nós pusemos o Phili no chão. Lembre-se: desde que a partilha foi decidida, nós começamos a tirar proveito dele. É, sim, era como um bichinho que eu levava pela coleira. Eu cheguei a deixar de sofrer tanto por não ser amada. Ele estava na minha mão; ele era meu; ele me pertencia: eu continuava dona do dinheiro; eu cobrava um preço alto pelo que ele recebia. Era expressão sua, mamãe. Lembre-se do que dizia: "Agora, você vai poder cobrar bem alto pelo que ele recebe." Nós achávamos que ele não punha nada acima do dinheiro. Talvez ele mesmo achasse, no entanto a raiva e a vergonha dele foram mais fortes. Porque ele não ama essa mulher que o roubou de mim; isso ele me confessou quando foi embora, e me jogou na cara muitas coisas terríveis, para eu ter certeza de que ele dizia a verdade. Mas ela não o desprezava, ela não o rebaixava. Ela se deu a ele, não tomou posse dele. Ao passo que, para mim, ele era um objeto.

Ela repetia essas últimas palavras, como que expiando a culpa. A mãe dava de ombros, mas estava gostando de ver suas lágrimas: "Assim desabafa..." E dizia também:

— Não se preocupe, minha querida, ele volta, a fome arranca o lobo do bosque. Quando ele estiver matando cachorro a grito...

Eu tinha certeza de que aquelas palavras enojavam Janine. Levantei-me, peguei meu chapéu, pois a ideia de terminar a noite com minha filha era insuportável. Menti, dizendo que tinha alugado um carro para voltar a Calèse. De repente, Janine disse:

— Leve-me com o senhor, vovô.

A mãe lhe perguntou se ela estava louca; ela precisaria ficar: os homens da lei precisavam dela. Além disso, em Calèse, "ela ia morrer de tristeza".

No patamar da escada, Geneviève me repreendeu com virulência, porque eu tinha incentivado a paixão de Janine:

— Se ela conseguisse se desapegar desse indivíduo, admita que seria um grande alívio. Sempre se encontrará um meio de anulação; e, com a fortuna que tem, Janine fará um casamento magnífico. Mas antes precisa se desapegar. E você, que detestava Phili, agora deu para fazer elogios a ele na frente dela... Ah! Nada disso! Ela não vai para Calèse de jeito nenhum! Você a devolveria num belo estado. Aqui, vamos conseguir distraí-la. Ela vai esquecer...

Se não morrer, pensava eu; se não levar uma vida infeliz, com uma dor imutável, à prova de tempo. Talvez Janine pertença àquele tipo que os velhos advogados conhecem bem: mulheres nas quais a esperança é doença, que não se curam de esperar, que, depois de vinte anos, ainda olham para a porta com olhos de bicho fiel.

Entrei de volta no quarto onde Janine tinha ficado sentada e lhe disse:

— Quando quiser, minha filha... sempre será bem-vinda.

Ela não deu nenhum sinal de ter entendido. Geneviève entrou e me perguntou com ar de suspeita: "O que você está dizendo a ela?" Depois fiquei sabendo que me acusava de, naqueles poucos segundos, ter "virado a cabeça" de Janine e de ter me divertido "pondo ideias na mente dela". Eu, porém, descia a escada, rememorando o que aquela moça havia gritado: "Leve-me com o senhor..." Tinha pedido que a levasse. Instintivamente, eu havia proferido, sobre Phili, as palavras que ela precisava ouvir. Eu talvez fosse a primeira pessoa que não a havia ferido.

Eu andava por aquela Bordeaux iluminada de um dia de reinício de atividades; as calçadas do Cours de l'Intendance, úmidas de cerração, brilhavam. As vozes do Sul cobriam o estrépito dos bondes. O cheiro de minha infância estava perdido; eu o teria reencontrado naqueles bairros mais sombrios da rua Dufour-Dubergier e da Grosse Cloche. Lá, talvez, alguma velha, na esquina de uma rua escura, ainda apertasse contra o peito um pote fumegante daquelas castanhas cozidas com aroma de anis. Não, eu não estava triste. Alguém tinha me ouvido, entendido. Tínhamos nos encontrado: era uma vitória. Mas eu fracassara diante de Geneviève: não havia nada que fazer contra certa espécie de burrice. Não é difícil atingir uma alma viva, escondida atrás dos piores crimes e vícios, mas a vulgaridade é intransponível. Paciência! O jeito era me conformar; não era possível quebrar a lápide de todos aqueles sepulcros. Eu seria feliz se conseguisse penetrar num único ser antes de morrer.

Dormi no hotel e só voltei a Calèse no dia seguinte pela manhã. Poucos dias depois, Alfred apareceu, e por ele fiquei sabendo que minha visita tivera consequências funestas: Janine havia escrito a Phili uma carta de louca, na qual assumia todas as culpas, acusava-se, pedia perdão. "As mulheres sempre fazem essas coisas..." O gordinho não ousava dizer, mas com certeza pensava: *Ela repete as besteiras da avó.*

Alfred me disse que o processo já estava perdido antes de começar e que Geneviève me responsabilizava por isso: eu tinha feito a cabeça de Janine a propósito. Perguntei a meu genro, sorrindo, quais poderiam ter sido as minhas motivações. Ele respondeu, mesmo protestando que não comungava em absoluto a opinião da mulher, que, segundo ela, eu tinha agido por malícia, por vingança, talvez por "pura maldade".

Meus filhos deixaram de me visitar. Duas semanas depois, uma carta de Geneviève informou-me que tinham precisado internar Janine numa casa de saúde. Não se tratava de loucura, claro. Esperava-se muito daquele tratamento de isolamento.

Eu também estava isolado, mas não sofria. Nunca meu coração me dera uma trégua tão longa.

Durante aquela quinzena e bem depois, o outono radioso demorou-se sobre o mundo. Nenhuma folha ainda se soltava, as rosas refloriam. Eu devia sofrer porque meus filhos, de novo, se afastavam de mim. Hubert só aparecia para falar de negócios. Era seco, cerimonioso. Suas maneiras permaneciam corteses, mas ele nunca baixava a guarda. A influência que meus filhos me acusavam de ter exercido sobre Janine me fizera perder todo o terreno ganho. Para eles, eu voltara a ser o adversário, um velho pérfido e capaz de tudo. Por fim, a única que talvez me compreendesse estava trancafiada e separada dos vivos. No entanto, eu sentia profunda paz. Desprovido de tudo, isolado, ameaçado por uma morte medonha, eu continuava calmo, atento, com a mente desperta. Pensar na vida triste que tivera não me acabrunhava. Eu não sentia o peso daqueles anos desertos… como se não fosse um velho muito doente, como se ainda tivesse, pela frente, toda uma existência, como se aquela paz que me invadia fosse alguém.

XX

UM MÊS DEPOIS de fugir da casa de saúde e de ter sido recolhida por mim, Janine ainda não está curada. Acredita ter sido vítima de um complô; afirma que foi internada porque se recusava a atacar Phili e pedir divórcio e anulação do casamento. Os outros imaginam que sou eu que lhe ponho essas ideias na cabeça e a instigo contra eles, ao passo que, nos dias intermináveis de Calèse, vou avançando milímetros na luta contra suas ilusões e quimeras. Lá fora, a chuva mistura à lama as folhas que apodrecem. O cascalho do pátio é esmagado por tamancos pesados; um homem passa com a cabeça coberta por um saco. O jardim está tão nu, que nada mais esconde a insignificância do que aqui se concede à recreação: as carcaças da cerca viva e os bosquetes mirrados tiritam sob a chuva eterna. A umidade penetrante dos quartos nos deixa sem coragem de abandonar o braseiro da sala de estar à noite. Soa meia-noite, e não conseguimos nos resignar a subir; e os tições, pacientemente acumulados, afundam na cinza; assim também, preciso recomeçar indefinidamente a convencer a menina de que seus pais, seu irmão e seu tio não lhe querem mal. Faço o máximo para desviar seu pensamento da casa de saúde. Estamos sempre voltando a Phili: "O senhor não pode imaginar que homem era ele... O senhor não pode saber que ser..." Essas palavras tanto podem anunciar uma catilinária quanto um ditirambo, e só o tom permite pressentir se ela vai exaltá-lo ou cobri-lo de lama. Mas, quer ela o glorifique, quer o conspurque, os fatos citados me parecem insignificantes. O amor transmite a essa pobre mulher, tão desprovida de imaginação, um espantoso poder de deformar, de amplificar. Eu conheci esse seu Phili, uma dessas nulidades que a juventude efêmera cobre de resplandecências por um instante. A esse menino minado, acarinhado, que teve tudo na vida você atribui intenções delicadas ou perversas, perfídias premeditadas; mas ele só tem reflexos.

Vocês não entendem que, para respirar, ele precisava sentir que era o mais forte. Não adiantava cobrar alto pelo que lhe davam. Pôr o prêmio no alto não faz esse tipo de cão saltar: eles disparam para outros petiscos servidos no chão.

Mesmo de tal distância, a infeliz não conhece seu Phili. O que ele representa para ela, afora a angústia de querer sua presença, das carícias adiadas, do ciúme, do horror de tê-lo perdido? Sem olhos, sem faro, sem antenas, ela corre ensandecida atrás desse ser, sem nada que a informe sobre o que é realmente o alvo de sua perseguição... Existem pais cegos? Janine é minha neta; mas, se fosse minha filha, eu não deixaria de vê-la como é: uma criatura incapaz de receber qualquer coisa de outra pessoa. Essa mulher de traços regulares, encorpada, pesada, voz sem graça, tem a marca daquelas que não detêm um olhar, que não fixam um pensamento. No entanto, ao longo destas noites, ela tem me parecido bonita, de uma beleza que ela mesma desconhece, extraída do desespero. Não haverá nenhum homem que se sinta atraído por esse incêndio? Mas a coitada queima nas trevas e num deserto, sem outra testemunha além deste velho...

Apesar da piedade que sentia por ela durante essas longas vigílias, não me cansava de tentar avaliar por que Phili, rapaz igual a milhões de outros, tal como uma borboleta branca comum se parece com todas as borboletas-brancas, tinha o poder de despertar em sua mulher aquele frenesi que nela aniquilava o mundo visível e invisível: para Janine, nada subsistia além de um macho já um tanto passado, inclinado a preferir o álcool a todo o resto e a considerar o amor como um trabalho, um dever, uma canseira... Que miséria!

Ela mal olhava para a filha que se insinuava no aposento, ao entardecer. Pousava os lábios a esmo sobre os cachos da menina. Não que a pequena não tivesse poder sobre a mãe: era por causa dela que Janine encontrava forças para não sair por aí perseguindo Phili (pois ela teria sido mulher capaz de fustigá-lo, provocá-lo, fazer escândalos). Não, eu não teria sido suficiente para segurá-la, ela ficava por causa da criança, mas esta não lhe servia de consolo. Era entre meus braços, em meu colo, que a pequena se refugiava, à noite, enquanto esperava que o jantar fosse servido. Em seus cabelos, eu reencontrava o cheiro de passarinho, de ninho, que me lembrava Marie. Fechava os olhos, com a boca apoiada naquela cabeça, evitava apertar demais aquele corpinho e no fundo do coração invocava minha criança perdida. E, ao mesmo tempo, acreditava estar abraçando Luc. Quando havia brincado muito, sua pele tinha o gosto salgado das faces de Luc, na época em que ele adormecia à mesa, cansado de tanto correr... Não conseguia esperar a sobremesa e percorria a roda, oferecendo aos nossos beijos o rosto extenuado e sonolento... Esses eram meus sonhos, enquanto Janine vagava pelo aposento, andava, andava, girovagava em seu amor.

Lembro-me de uma noite em que ela me perguntava: "O que se deve fazer para deixar de sofrer?... Acha que isso vai passar?" Era uma noite de geada; eu a vi abrir a janela, empurrar as venezianas, impregnar a testa e o busto de luar gelado. Levei-a para perto do fogo; e eu, que desconheço os gestos da ternura, sentei-me sem jeito ao lado dela e abracei seus ombros. Perguntei se não lhe restava nenhum socorro: "Você tem fé?" Ela repetiu distraída: "Fé?", como se não tivesse entendido. "Sim, Deus...", respondi. Ela ergueu para mim o rosto congestionado; observava-me com desconfiança e disse enfim que "não via a relação...". E, como eu insistisse, ela disse:

— Claro, sou religiosa, cumpro minhas obrigações. Por que está perguntando isso? Está caçoando de mim?

— Você acha – continuei – que Phili está à altura do que você lhe dá?

Ela me olhou, com aquela expressão carrancuda e irritada de Geneviève quando não entende o que lhe é dito, não sabe o que responder e tem medo de cair numa cilada. Por fim, arriscou: "Uma coisa não tem nada a ver com outra..."; não gostava de misturar religião com essas coisas, era praticante, mas, justamente, tinha horror àquelas aproximações malsãs. Cumpria todas as suas obrigações. Teria dito, com o mesmo tom de voz, que pagava suas contribuições. O que eu tinha tanto abominado, a vida inteira, era isso, só isso: a caricatura grosseira, a paródia medíocre da vida cristã; nisso eu tinha fingido ver uma representação autêntica dela para ter o direito de odiá-la. É preciso ousar olhar de frente aquilo que se odeia. "Mas eu", eu refletia, "mas eu...". Acaso já não sabia que me enganava a mim mesmo, naquela noite do fim do século passado, no terraço de Calèse, quando o padre Ardouin me disse: "O senhor é muito bondoso..."? Mais tarde, fiz ouvidos moucos para não ouvir as palavras de Marie agonizante. Naquela cabeceira, porém, foi-me revelado o segredo da morte e da vida... Uma menina morria por mim... Eu quis esquecer isso. Incansavelmente, tentei perder aquela chave que uma mão misteriosa sempre me entregou, a cada guinada de minha vida (o olhar de Luc depois da missa, naquelas manhãs de domingo, na hora da primeira cigarra... E naquela primavera ainda, na noite do granizo...).

Assim iam meus pensamentos, naquela noite. Lembro-me de ter me levantado e empurrado a poltrona com tanta violência que Janine estremeceu. O silêncio de Calèse, naquela hora avançada, aquele silêncio denso, quase sólido, entorpecia, abafava sua dor. Ela deixava o fogo morrer e, à medida que o aposento se tornava mais frio, ia empurrando a cadeira para a lareira, e seus pés quase tocavam as cinzas. O fogo, arrefecendo, atraía suas mãos e sua testa. O candeeiro da lareira iluminava aquela mulher corpulenta, encolhida, e eu vagava ao redor, na penumbra abarrotada de mogno e jacarandá. Dava voltas, impotente, em torno daquele bloco humano, daquele corpo prostrado. "Minha menina..." Eu não encontrava a palavra que procurava. O que me sufoca, esta noite, enquanto escrevo estas linhas, o que machuca meu coração como se ele fosse se romper, esse amor cujo nome finalmente conheço, cujo nome ador...

....
....
....

Calèse, 10 de dezembro de 193...

Querida Geneviève, esta semana termino de arrumar os papéis que aqui abarrotam todas as gavetas. Mas é meu dever encaminhar-lhe, sem tardar, esse estranho documento. Você sabe que nosso pai morreu à mesa de trabalho e que Amélie o encontrou na manhã de 24 de novembro, com o rosto sobre um caderno aberto: esse mesmo que lhe envio como correspondência registrada.

Acredito que você ficará tão pesarosa quanto eu ao decifrá-lo... ainda bem que a caligrafia é ilegível para os criados. Movido por um sentimento de discrição, de início eu havia decidido poupá-la dessa leitura: nosso pai se expressa sobre você em termos bastante ofensivos. Mas teria eu o direito de deixá-la na ignorância de algo que lhe pertence tanto quanto a mim? Você sabe de meus escrúpulos em relação a tudo o que se refere de perto ou de longe à herança de nossos pais. Por isso, mudei de ideia.

Aliás, qual de nós não é ferido nessas páginas rancorosas? Infelizmente, elas não nos revelam nada que não saibamos de longa data. O desprezo que eu inspirava a meu pai envenenou minha adolescência. Durante muito tempo não tive confiança em mim mesmo, curvei-me sob aquele olhar impiedoso, precisei de vários anos para finalmente ganhar consciência de meu valor.

Eu o perdoei e até acrescento que foi principalmente o dever filial que me impeliu a mandar-lhe esse documento. Pois, seja qual for a maneira como você o julgue, é inegável que, a despeito de todos os sentimentos horríveis nele expostos, a figura de nosso pai se mostrará não digo que mais nobre, porém mais humana (penso em especial no seu amor por nossa irmã Marie, pelo menino Luc, sobre os quais você encontrará aí depoimentos comoventes). Hoje entendo melhor a dor por ele manifestada diante do caixão de minha mãe, que nos deixou estupefatos. Você acreditava em fingimento. Se essas páginas só servirem para lhe revelar o que restava de coração naquele homem implacável e insanamente orgulhoso, valerá a pena suportar sua leitura, por outro lado tão penosa para você, minha cara Geneviève.

O que ganhei com essa confissão e o benefício que você mesma nela encontrará é o apaziguamento de nossa consciência. Sou escrupuloso de nascença. Ainda que eu tenha mil razões para me acreditar detentor de um direito, bastará um nada para me pôr em dúvida. Ah! A sensibilidade moral, no grau em que a desenvolvi, não torna a vida fácil! Perseguido pelo ódio de um pai, não tentei nenhum gesto de defesa, nem o mais legítimo, sem sentir ansiedade, quando não remorsos. Se eu não fosse chefe de família, responsável pela honra do nome e do patrimônio de nossos filhos, teria preferido desistir da luta a ter de sofrer os conflitos e os embates íntimos de que você foi testemunha mais de uma vez.

Agradeço a Deus, por ter permitido que essas linhas de nosso pai me justifiquem. E, em primeiro lugar, elas confirmam tudo o que já sabíamos das maquinações inventadas por ele para nos sonegar sua herança. Não foi sem profunda vergonha que li as páginas em que ele descreve os estratagemas imaginados para controlar, ao mesmo tempo, o advogado Bourru e o tal Robert. Cabe-nos cobrir essas cenas vexaminosas com o manto de Noé. O fato é que meu dever era frustrar, a qualquer custo, aqueles planos abomináveis. E o fiz com um sucesso que não me constrange. Não duvide, minha irmã, é a mim que você deve sua fortuna. O infeliz, ao longo dessa confissão, esforça-se por se convencer de que o ódio que sentia por nós se extinguiu de repente; ele se gaba de um súbito desapego dos bens deste mundo (confesso que não pude deixar de rir nesse trecho). Mas, por favor, preste atenção à época dessa guinada inesperada: ela ocorre na época em que os ardis dele foram frustrados e seu filho natural nos vendeu a informação do golpe. Não era fácil dar sumiço a uma tal fortuna; um plano de mobilização dos bens imóveis, que exigiria anos de execução, não pode ser substituído em alguns dias. A verdade é que o coitado sentia a aproximação do fim e não tinha tempo nem meios para nos deserdar com outro método senão o que havia imaginado e que a Providência nos permitiu descobrir.

Como advogado, ele não quis perder a causa, nem para si mesmo, nem para nós; lançou mão do artifício, até certo ponto inconsciente, admito, de transformar a derrota em vitória moral; aparentou desinteresse, desapego... Ora!... Que outra coisa poderia ter feito? Não, não vou me deixar iludir, e acho que, com seu bom senso, você julgará que não devemos fazer nenhum esforço para lhe votar admiração ou gratidão.

Mas há outro ponto dessa confissão que consegue apaziguar totalmente a minha consciência; um ponto sobre o qual me examinei com mais severidade, sem conseguir acalmar durante muito tempo, confesso hoje, essa consciência exigente. Estou me referindo às tentativas, aliás, inúteis, de submeter o estado mental de nosso pai ao exame de especialistas. Nesse assunto, devo dizer que minha mulher contribuiu muito para me perturbar. Você sabe que eu não costumo dar grande importância às opiniões dela: é a pessoa menos ponderada que existe. Mas, nesse caso, ela passava dia e noite enchendo-me os ouvidos com argumentos, e confesso que alguns me deixavam confuso. Ela acabou por me convencer de que aquele grande advogado, de que aquele especulador esperto, de que aquele profundo psicólogo era o equilíbrio em pessoa... Sem dúvida é fácil ver como odiosos os filhos que tentam internar o velho pai para não perder a herança... Como você vê, eu não estou medindo as palavras... Perdi muitas noites de sono. Só Deus sabe.

Pois bem, querida Geneviève, esse caderno, principalmente nas últimas páginas, contém com evidência a prova do delírio intermitente que acometia o pobre homem. O caso dele me parece até suficientemente interessante para que essa confissão seja submetida a um psiquiatra; mas considero que meu dever mais imediato é não expor a ninguém páginas tão perigosas para nossos filhos. E aviso desde já que, a meu ver, você deveria queimá-las assim que terminasse a leitura. É importante não correr o risco de deixá-las cair nas mãos de um estranho.

Como você não ignora, querida Geneviève, embora sempre tenhamos mantido em segredo tudo o que se referia à nossa família, embora eu tenha tomado todas as medidas para que nada transpirasse de nossas preocupações em relação ao estado mental daquele que, apesar de tudo, era seu chefe, certos elementos estranhos à família não tiveram a mesma discrição nem a mesma prudência, e seu miserável genro, em especial, andou contando perigosíssimas histórias a esse respeito. Hoje isso nos custa caro: nem preciso lhe dizer que, na cidade, muita gente estabelece uma relação entre a neurastenia de Janine e as excentricidades que atribuem a nosso pai, em consequência dos mexericos de Phili.

Portanto, rasgue esse caderno, não fale dele a ninguém; nem entre nós jamais deveremos falar dele. Não nego que será uma pena. Nele há indicações psicológicas e até impressões sobre a natureza que denotam nesse orador um talento real de escritor. Mais um motivo para rasgá-lo. Imagine um de nossos filhos publicando isso mais tarde. Ia ser bonito!

Mas, entre nós, podemos dar os devidos nomes às coisas, e, terminada a leitura desse caderno, não nos devem restar dúvidas sobre a meia demência de nosso pai. Hoje encontro a explicação para uma frase de sua filha, que eu tinha interpretado como uma extravagância de doente: "O vovô é o único homem religioso que já conheci." A pobre menina se deixou levar pelas vagas aspirações e pelos devaneios daquele atrabiliário. Inimigo da família, odiado por todos, sem amigos, infeliz no amor, como você verá (há detalhes cômicos), ciumento a ponto de nunca ter perdoado à sua mulher um vago flerte de juventude, será que, chegando ao fim, ele desejou as consolações da prece? Não acredito: o que salta aos olhos nessas linhas é um distúrbio mental muito bem caracterizado: mania de perseguição, delírio com forma religiosa. Você perguntará: não haverá sinal de verdadeiro cristianismo no caso dele? Não: uma pessoa bem informada como eu sobre essas questões sabe muito bem o que significam essas atitudes. Confesso que esse falso misticismo me causa uma repulsa irreprimível.

Será que as reações de uma mulher serão diferentes? Se essa religiosidade a deixar impressionada, lembre-se de que nosso pai, espantosamente dotado para o ódio, nunca gostou de nada senão para se contrapor a alguém. A exibição de suas aspirações religiosas é uma crítica direta, ou indireta, aos princípios que nossa mãe nos inculcou já na infância.

Ele só adota um misticismo nebuloso para atacar com mais força a religião razoável, moderada, que sempre foi reverenciada em nossa família. A verdade é o equilíbrio... Mas paro por aqui, sem entrar em considerações nas quais você dificilmente me acompanharia. Já falei o suficiente: consulte o próprio documento. Não vejo a hora de conhecer as suas impressões.

Resta-me bem pouco espaço para responder às importantes perguntas que você me faz. Minha querida Geneviève, na crise que estamos atravessando, o problema que temos de resolver é angustiante: se mantivermos num cofre esses maços de notas, precisaremos viver de nosso capital; o que não é bom. Se, ao contrário, emitirmos ordens de compra em bolsa, os dividendos que receberemos não nos consolarão da degradação constante dos valores. Como, de qualquer maneira, estamos condenados a perder, a sabedoria consiste em conservar as notas do Banco da França: o franco só vale quatro soldos, mas tem como lastro uma imensa reserva de ouro. Nesse ponto, nosso pai tinha enxergado com clareza, e devemos seguir seu exemplo. Há uma tentação, querida Geneviève, contra a qual você deve lutar com todas as forças: a tentação de aplicar a qualquer custo, tão arraigada no público francês. Evidentemente, será preciso viver com a mais estrita economia. Você sabe que sempre poderá contar comigo quando precisar de algum conselho. Apesar de vivermos tempos ruins, podem apresentar-se oportunidades de um dia para o outro: atualmente, estou muito atento a um aperitivo de quinquina e um destilado anisado: eis aí um tipo de negócio que não sofrerá com a crise. A meu ver, é nessa direção que devemos voltar um olhar ao mesmo tempo ousado e prudente.

As notícias melhores que você me dá de Janine deixam-me contente. Não há por que temer, no momento, esse excesso de devoção por parte dela que tanto a preocupa. O essencial é que ela deixe de pensar em Phili. Quanto ao resto, ela mesma reencontrará a medida, pois pertence a uma raça que sempre soube se abster de abusar das melhores coisas.

Até terça, querida Geneviève.

Do irmão devotado,
HUBERT

....
....
....

De Janine para Hubert.

Meu querido tio, venho por meio desta pedir-lhe que seja árbitro entre mim e minha mãe. Ela se recusa a me entregar o "diário" do vovô: segundo ela, meu culto por ele não resistiria à sua leitura. Se ela faz tanta questão de não macular a grata memória que tenho dele, por que repete todo dia: "Você não pode imaginar como ele fala mal de você. Nem o seu físico ele poupou..."? O que me espanta mais ainda é a pressa com que ela me mandou ler a dura carta em que o senhor comenta aquele "diário"...

Cansada com minha insistência, minha mãe me disse que me entregaria o caderno se o senhor achasse conveniente e que recorreria ao senhor. Portanto, apelo para seu espírito de justiça.

Permita-me afastar a primeira objeção que diz respeito só a mim: por mais implacável para comigo que meu avô possa se mostrar nesse documento, estou certa de que seu juízo sobre mim não é pior do que o juízo que eu mesma faço. Estou certa, sobretudo, de que sua severidade poupa a infeliz que viveu um outono inteiro ao lado dele, até sua morte, na casa de Calèse.

Meu tio, perdoe-me se o contradigo num ponto essencial: continuo sendo a única testemunha da transformação dos sentimentos de meu avô durante as suas últimas semanas de vida. O senhor denuncia sua religiosidade vaga e malsã; e eu afirmo que ele teve três encontros (um no fim de outubro e dois em novembro) com o pároco de Calèse, cujo testemunho, não sei por quê, o senhor se recusa a ouvir. Segundo minha mãe, o diário em que ele anota os mínimos incidentes de sua vida não relata nada desses encontros, o que ele não teria deixado de fazer se essas entrevistas tivessem ocasionado alguma mudança em seu destino... Mas minha mãe também diz que o diário se interrompe no meio de uma palavra: não é de duvidar que a morte tenha surpreendido o seu pai no momento em que ele ia falar da confissão. Em vão o senhor alega que ele, se tivesse sido absolvido, teria comungado. Eu sei o que ele me disse na antevéspera de sua morte: obcecado com sua indignidade, o pobre homem tinha resolvido esperar o Natal. Que motivo o senhor tem para não acreditar em mim? Por que achar que sou uma alucinada? Sim, na antevéspera de sua morte, na quarta-feira, eu o ouço ainda, na sala de estar de Calèse, falar daquele Natal tão desejado, com uma voz cheia de angústia, ou talvez já velada...

Tranquilize-se, meu tio: não pretendo fazer dele um santo. Admito que foi um homem terrível, às vezes até medonho. Apesar disso, foi tocado por uma luz admirável em seus últimos dias e foi ele, só ele, que naquele momento tomou minha cabeça com as duas mãos e forçou-me a desviar o olhar...

O senhor não acha que seu pai teria sido outro homem se nós tivéssemos sido diferentes? Não me acuse de incriminá-lo: conheço suas qualidades, sei que o vovô se mostrou cruelmente injusto para com o senhor e minha mãe. Mas o azar de todos nós foi ele nos ter considerado cristãos exemplares... Não se zangue: desde que ele morreu, tenho convivido com pessoas que podem ter seus defeitos, suas fraquezas, mas agem de acordo com sua fé, movem-se em plena graça. Vovô, se tivesse vivido entre tais pessoas, acaso não teria descoberto há muitos anos esse porto que só conseguiu atingir às vésperas de morrer?

Quero reiterar que não pretendo culpar nossa família e favorecer seu chefe implacável. Não esqueço, sobretudo, que o exemplo de minha saudosa avó teria sido suficiente para lhe abrir os olhos se, durante muito tempo, ele não tivesse preferido alimentar seu ressentimento. Mas deixe-me dizer por que, afinal, considero que ele tinha motivos para se opor a nós: onde estava nossa riqueza, lá também estava nosso coração; só pensávamos naquela herança ameaçada; é verdade que não nos faltavam desculpas; o senhor era um homem de negócios, e eu, uma pobre mulher... No entanto, com exceção de minha avó, nossos princípios estavam separados de nossa vida. Nossos pensamentos, nossos desejos, nossos atos não se enraizavam naquela fé à qual aderíamos da boca para fora. Com todas as nossas forças, estávamos voltados para os bens materiais, enquanto o vovô... O senhor vai me entender se eu afirmar que onde estava sua riqueza não estava seu coração? Eu juraria que, nesse ponto, o documento cuja leitura me recusam contém um testemunho decisivo.

Espero, meu tio, que me entenda, e aguardo com confiança sua resposta...

JANINE

A primeira edição deste livro foi impressa nas oficinas da
DISTRIBUIDORA RECORD DE SERVIÇOS DE IMPRENSA S.A.
para a EDITORA JOSÉ OLYMPIO LTDA., em fevereiro de 2024.

*

93º aniversário desta Casa de livros, fundada em 29.11.1931.